女子高生マテリ、
獲得アイテムでどんどんレベルアップ！
魔道車
ユグドラシルの杖
ヒラリボン
不死鳥の髪飾り
聖命のブローチ
神速のピアス
ヒールリング
プロテクトリング
剛神の腕輪
無限収納ポーチ
すごいパンツ
すごい旅人服

マテリ
「運転できそう？」
女子3人、異世界をのんびり進む――。
フィム
「さすが師匠！」

魔法のコテージが強化されて魔道車になった!
タイヤもついてるし、多少の悪路でも通れそう!

「ま、魔道車……。
かつて英雄が乗っていたと言われている
あの魔道車が目の前に!」

「ミリータちゃん、運転できそう?」

「ま、やってみるか」

ミリータちゃんが運転席に座り、
ふんふんと何か納得したように
レバーやらハンドルを動かし始めた。
そしてさすが地の民、
ドワーフのミリータちゃんは
魔道車を動かし始める。

「こいつ、動くぞ!」

「わぉ!」

「さすが師匠!」

なんか当然のように乗り込んでる子がいるけど、
この際どうでもいい。
動き出した魔道車は町を離れてグングンと進む。

魔王、登場!!!
マウ
フクロウ伯爵
フクロウ伯爵のあとをついていくと、
大迷宮を抜けて魔王の下へ案内された。
玉座に座るあれが魔王か。
いよいよ、今度こそミッションがくる！
「よくぞここまで来た。
わらわはマウ、
お前たちが魔王と呼んでいる者だ」
玉座に座っていたのは角を生やした女の子だ。
不敵に笑って強そうに演出しているけど……
小さい。

どうも、物欲の聖女です

無双スキル「クリア報酬」で盛大に勘違いされました

ラチム ♦ ill. 吉武

Doumo,
Butsuyoku no
Seijo desu.

本文・口絵イラスト：吉武
デザイン：Ｃｏｉｌ

CONTENTS

第一章　異世界召喚

「突然《とつぜん》のことで驚《おどろ》いているだろう。そなたをこの世界に召喚《しようかん》したのは私だ」

どこかの建物の一室。

目の前にはどこかの国の王様らしき人が玉座に座《すわ》っている。

左右には鎧《よろい》をまとった兵士たち、ＲＰＧでよく見る光景だ。

見渡《みわた》しても、ファンタジーで見るような衣装《いしよう》に身を包んだ人たちばかり。

夢かと思って何度も目を瞑《つぶ》っては開けてを繰《く》り返した。

ダメだ、現実です。

「あ、あの。人違《ひとちが》いでは？　私は十六歳《さい》のただの女子高生です！」

シーン。そりゃそうだ。

ここには私しかいないし、明確に「そなた」とか言ってる。

老齢《ろうれい》で皺《しわ》が目立つ王様は表情を一切《いつさい》変えない。

「……大臣。説明を」

「ハッ！」

王様は近くにいた大臣に説明をぶん投げた。

それから大臣は状況《じょうきょう》をおおまかに説明する。

召喚した理由は私をこき使うためであり、その代わり衣食住を与《あた》えるとのこと。

持っているスキル次第《しだい》ではかなり優遇《ゆうぐう》してくれるし、爵位《しゃくい》も与えられる。

つまりどうあがいても私に自由はなく、明確な労働時間や賃金も一切不明だ。

質問しても「その時の都合で」「出来合いで」とか曖昧《あいまい》な答えではぐらかされる。

異世界召喚されたけどブラックでした。

「ともかく、そなたを悪いようにはせん。ではそろそろスキル鑑定《かんてい》を行うとしよう」

フードを目深《まぶか》に被《かぶ》ったいかにもな人が私を水晶玉《すいしょうだま》が置かれている台座の前に立たせる。

心臓が高鳴ってしょうがない。

「スキル……クリア報酬《ほうしゅう》、です」

誰《だれ》もフードの人に突《つ》っ込《こ》めない。

あなたたちがリアクションしなかったら私はどうすればいいんですか。

はよ、誰か何か言って。

「効果は『与えられた試練を乗り越《こ》えれば報酬が得られる』といったものです」

「……どういうことだ?」

「この者になにかの試練が与えられて、それを乗り越えればなにかの報酬が得られるのでしょう」

「そのままではないか。それはどういったものだ?」

「そこまでは……」

すごい気まずい空気になった。

そして王様が私をジロリと見て、何かを期待している。

いやいや、元々この世界にいるあなたたちのほうが何かわかりそうなものだけど。

「何も変化はないか？」

「ありません……」

「与えられた試練とは一体どういったものか。仕方ない」

王様が兵士に命じて、剣《けん》を持ってこさせた。

私に手渡されると一気に体が沈《しず》む。要するに重い。

いや重すぎ！　こんなの振《ふ》って魔物《まもの》退治とかウソでしょ⁉

「なんだ、そんなものも持てんのか」

「何をさせたいんでしょうか……」

「一回でも振ってみろ。私からそなたに命じて、それを達成すれば何か起こるかもしれん」

フラフラになりながらも、私はがんばって剣を上から振った。

その際、近くにいた兵士に刃《は》を降ろしてしまいそうになりすごく怒鳴《どな》られる。

すみません。体力テストはいつも中の下です。

結局なにも起こらず、王様はわなわなと震《ふる》え始めた。

「なんだそのクソみたいなスキルは！　何も起こらんではないか！」

「ひっ！　すみませぇん！」

王様が玉座から立ち上がって今にも襲《おそ》いかかってきそうだ。

普通《ふつう》に生きてたらここまで怒《おこ》られる機会なんてないし、ましてやここは異世界。

一国を治める立場だけあって、さすがの迫力《はくりょく》に涙《なみだ》が出そうなほど怖《こわ》い。

「陛下、どうされます？」

「苦労して召喚術を完成させたというのに……！」

私がいた世界、つまりこの世界から見た異世界の人間は強力なスキルに目覚める可能性がある。

だけど私が意味不明なスキルなものだから、当てが外れたみたいだ。

このままだと何をされるかわからない。

よし、ここは説得だ。

「お、お言葉ですが王様。クリア報酬は何かのミッションをクリアすればたぶん報酬が貰《もら》えるんだと思います」

「先程《さきほど》は何も起こらなかったではないか！　もういい！　貴様に用はない！　追放だ！」

すでに元の世界から追放されてるのにどこへ行けと⁉

落ち着け、ここで反論してもいいことない。

立ち会っている偉《えら》そうな貴族的な人がヒソヒソと何か囁《ささや》いている。

時々嘲笑《ちょうしょう》が聞こえてくるから馬鹿《ばか》にされてるのはわかった。

あれだけ大きな口を叩《たた》いておきながら、とか聞こえてきたから王様は自慢《じまん》する気だったのかもしれない。

とにかくクリア報酬がどんなスキルか、考えてみよう。

「た、例えば魔物を討伐《とうばつ》すればすごい金目の物とか貰えるかもしれませんよ」

「では討伐してもらおうか！」

「あっ」

失言した。待って、魔物とか倒《たお》せるわけない。

やっぱり魔物がいる世界なのかと後悔《こうかい》した。

「あ、あの。今のはあくまで一例で……」

「剣すら持てぬ小娘《こむすめ》がそこまでほざいたのだ。言ったことはぜひ実行してもらおう」

「いやいやいやいやいや！　常識で考えて無理ですって！」

「黙《だま》れッ！」

「ひぃんっ！」

怖い、もう涙しか出ない。

屈強《くっきょう》な兵士が近づいてきたから逃《に》げようとするが、すぐに取り押《お》さえられてしまった。

ちょっとどこ触《さわ》ってんのよって言いたくなるけどそんな場合じゃない。

間もなく私は二人の兵士に両脇《りょうわき》から抱《かか》えられて、引きずられていく。

とてつもない力で、私なんかが暴れたところでビクともしない。

魔物がいるような世界だから、そりゃ鍛《きた》えてるよね。

「ホントに待ってください！　もっと色々試《ため》しましょうって！」

「大人しくしろッ！」

私の非力な抵抗《ていこう》も空《むな》しく、間もなく馬車に乗せられてどこかへ移動を始めた。

どこへ連れていかれるのか。

試すなんてのは口実で、これは事実上の追放だ。

いらないから捨てる気です。

意味不明に召喚されて、こんなのってないよ。クソ、クソクソクソ。

＊　＊　＊

「ぐすっ……えぐっ……」

もうやだ、帰りたい。今は暗い森の中だ。

着ているものはスウェットのみ。

へたり込んだまま、私は無限に広がっているような森を見渡した。

あれから武器を渡されて魔物討伐を命じられたけど、無理に決まってる。

兵士たちは私がおろおろしてるのを見て笑っていた。あの人たち、人間じゃない。

その時、足場がちょうど小高い丘《おか》になっていたみたいで転げ落ちてしまった。

「いたた……こ、ここは？」

軽く意識を失って目が覚めた時には森の中、誰もいない。

運悪く変な森に落ちてしまったらしい。

あの人たちが捜索《そうさく》なんてするはずもないし、これは詰《つ》んだかな。

ひとまず生きていたのは奇跡《きせき》だ。

でもこのままだと、どのみち野垂れ死ぬか魔物に殺される。

「クリア報酬って何なのォ……」

温かいご飯を食べて眠《ねむ》りたい。ゲームやりたい。

異世界召喚とか実際に起こっても迷惑《めいわく》なだけだ。

あーあ、もうホントにあーあ。あ――――――腹立ってきた！

「そもそもクリア報酬ってなに！」

魔の森に到達《とうたつ》！　火宿りの杖《つえ》を手に入れた！
効果：攻撃《こうげき》＋13　火属性魔法『ファイアーボール』を使える。

なんて？

ふと、手には杖らしきものが握《にぎ》られていた。

これは、これはもしかすると。もしかするかもしれない。

うんともすんとも言わなかったスキルがここにきて発動した。

これ、使ったら無制限でファイアーボールが使えるやつ？

某《ぼう》ＲＰＧにもそんなアイテムがあったような気がする。

それにこのメッセージウィンドウ、ステータスも？

「す、すてーたす、おーぷん……」

実際に声に出すと恥《は》ずかしい。

これで開かなかったらどうしよう。

名前：マテリ
性別：女
ＬＶ：１
攻撃：１
防御《ぼうぎょ》：１＋１
魔攻：２
魔防：１
速さ：２
武器：なし
防具：スウェット
スキル：『クリア報酬』
称号《しょうごう》：『捨てられた女子高生』

ひどいステータスが開示された。

基準はわからないけど、たぶん低い。

魔の森とかいう中盤《ちゅうばん》辺りに出てきそうなダンジョンに存在していいステータスじゃない。

ＲＰＧでお馴染《なじ》みの称号も余計なお世話だ。

とにかく今やらなきゃいけないことは、この魔の森を脱出《だっしゅつ》することだ。

そうと決まれば――

新たなミッションが発生！
・スライムを一匹《ぴき》討伐する。　報酬：攻撃の実
・火宿りの杖を使う。　報酬：魔攻の実

「ホントに？」

早くも魔物討伐ミッションがきてしまった。

貧弱《ひんじゃく》ステータスだけど、火宿りの杖があればいける？

いやいや、まずは脱出が先だ。

杖を握りしめて警戒《けいかい》しながら歩き始めた。

どこから何が飛び出してくるかわからない。

遠くで聞いたこともない何かが唸《うな》っている。

見つかったら終わりだ。慎重《しんちょう》に――

「スリャア――――！」

「ひぃっ！」

木陰《こかげ》からウネウネしたスライムが登場した。

こんなアグレッシブなスライムとか聞いてない。

手が、手が震える。早く、これを、使わないと。

使うってどうやって？

ＲＰＧでは火宿りの杖を使ったとかいうメッセージが出るけど、どう使うの？

使うってなに？

「スリャリャブシャァァー！」

「もうヤケクソだぁー！」

杖を振ると火の玉がスライムめがけて一直線に放たれる。

ぼしゅんという音がした後、スライムが完全に蒸発した。

ミッションクリア！　攻撃の実を手に入れた！
効果：攻撃が＋10される。
火宿りの杖を使った！　魔攻の実を手に入れた！
効果：魔攻が＋10される。

スライムが蒸発した地面から何かが光りながらポップアップする。

空中に浮《う》かぶ攻撃の実と魔攻の実らしきものを手に取ってみた。

食べていいもの、だよね。ぱくり、と。


攻撃が１から11に上がった！

魔攻が２から12に上がった！

「ほう？」

シャドーボクシングみたいにシュッシュッてやってみたけど今一つ実感がわかない。

いや、私は強くなった。気持ち、気持ち。


新たなミッションが発生！
・リトルゴーレムを一匹討伐する。報酬：防御の実×3
・火宿りの杖で魔物二匹討伐する。報酬：魔攻の実×2

やだ、私のスキルすごすぎ？

誰だ、クソみたいなスキル扱《あつか》いしたの。

＊　＊　＊

名前：マテリ
性別：女
LV：14
攻撃：107＋13

防御：90＋1
魔攻：58
魔防：40
速さ：112
武器：火宿りの杖
防具：スウェット
スキル：『クリア報酬』
称号：『捨てられた女子高生』
『スキル中毒』

「はぁ……はぁ……しゅごい……とまらないよぉ……」

私、マテリは変な森の中で快感を得ています。

気持ちよすぎてやめられません。

次から次へと与えられるミッションをこなしていたら、ステータスアップアイテムがかなり手に入る。

ミッション内容はその都度、変わるし狙《ねら》っているアイテムが手に入るかどうかはランダムだ。

でもやればやるほど上がる数値に私はすっかり虜《とりこ》になっていた。

余計なお世話チックな称号が一つ増えたけど、何かしらに影響《えいきょう》しないことを願う。

「それで、出口はどこ？」

ちゃんと森を抜《ぬ》け出そうとしたよ？

でもね。ミッションが与えられて視界の端《はし》にスライムがいるとつい、ね。

スライムはいいんだけど、リトルゴーレムとかいう魔物はちょっと危なかった。

背丈《せたけ》は私とほぼ変わらないんだけど、人型の岩が襲ってくるのはなかなか怖い。

火宿りの杖でなんとか倒せたけど、私の予想としては物理防御がすごい高い系の魔物だと思う。

その過程で考えたんだけど、私のステータスとレベルについてだ。

レベルは魔物を倒すほど上がっていくのは間違いなくて、これに応じてステータスが上がる。

だけど計算してみると悲しいことに、私のステータス上昇率《じょうしょうりつ》はそんなに高くないように思えた。

この世界の基準がわからないから結論は出しにくいけど、大体1レベルにつきステータスが1上がるかどうか。

下手したら何も上がらないステータスもあるし、某シミュレーションＲＰＧの老騎士《ろうきし》みたいな成長率だった。

ともかく私は勇者でも何でもない。

ただの女子高生であって、これでステータスがグングン上がるようなら逆に不自然とも言える。

さすが体力テストが中の下だけあるね。

つまりこのステータスはほぼステータスアップアイテムの恩恵《おんけい》だ。

まぁでも。ステータスですべて決まらないと信じてるし、スキル込みで考えれば私はたぶん強キャラだと思う。

それにもう一つ、レベルの恩恵を発見した。

まだ確定じゃないけど、このレベルはおそらく敵との戦いに大きく影響している。

私のレベルが高ければ、敵に大きくダメージを与えられるからだ。

例えば検証してみると、ほぼ同じステータスでもレベルが上がればリトルゴーレムを一撃で倒せるようになった。

それに不思議と敵に対する恐怖心《きょうふしん》も薄《うす》れたし、余裕《よゆう》をもって戦える。

たぶん魔物にもレベルがあって、その差が開いているほど何らかの補正がかかるんだと思う。

つまり私よりレベルが高い相手に挑《いど》むと逆に不利になる。

まさにレベルが違うというやつを味わうかもしれない。

そんな検証はいいとして。

「森を脱出しよう」

何も食べてないしフラフラだ。

これで出られなかったらどうする？

ＲＰＧのキャラみたいに日付が何度変わっても戦い続けられるわけじゃない。

空腹と体力は死活問題だ。


新たなミッションが発生！
・ヘルスパイダーを討伐する。報酬：すごい旅人服

「クモモモ――――！」

「うわっ！　でっかいクモ！」

糸を伝いながらクモが木の上から軽快に向かってくる。

だけどその位置は命取り！

「ファイアボォ――――ル！」

糸ごとファイアボールでクモを狙った。

見事、命中した後でクモが高い位置から落下する。

地上に落ちたクモがピクピクしているところを更《さら》に狙い撃《う》ち！

「ファオボァ――――！」

「グモォッ！」

止《とど》めの一撃でついにヘルスパイダーを討伐した。

よしよし、実によし。

ミッションクリア！　すごい旅人服を手に入れた！
効果：気温に応じて常に快適な着心地を得られる。

「こ、これは……。誰もいないよね？」

急いでスウェットを脱《ぬ》いで、ささっと着替《きが》えた。

着てみると保温性も優《すぐ》れているし、寒さや暑さも感じない。

動きやすいし、これならどんな気候の場所でも快適に過ごせそう！

これホントにすごい！

新たなミッションが発生！
・ヘビーボアを討伐する。　報酬：魔法のコテージ

「う……うおおぉぉぉ――――――――――――――――！」

きったぁぁぁんじゃないのこれぇ！

食べ物はともかく休める場所が手に入る！

だけど、どんなアイテムかは貰ってみるまでわからない。

ヘビーボアで私に光が差す！

「ヘビーボアかかってこぉぉ――――――――い！」

森の中で叫《さけ》ぶなんて自殺行為《こうい》だ。

だけど一刻も早くミッションを達成したい。

こいこいこいこい！　火宿りの杖で焼き殺してやる！

「あ、あれ？」

森の奥《おく》から何かが走ってくる。

まさか呼んだからってすぐ来てくれたわけじゃないよね。

それにあれは大きすぎる。普通に木とか突進でなぎ倒してるんだけど。

「や、ば、ば……」

逃げ腰《ごし》になった私に猛烈《もうれつ》な突進をかましてきた。

全身に激痛が走って地面に転がってしまう。

「いっだぁぁい……」

現れたヘビーボアは堂々たる角を揺《ゆ》らして、私を踏《ふ》みつぶそうとしてきた。

とっさに転がって回避《かいひ》すると猪《いのしし》の足が地面を踏みぬく。

これ、勝てるやつ？

「ファイアーボール！　ボールボールボールボールボールボールボール！　ボォォォォ――――――ル！」

ヘビーボアにありったけの火の玉をぶつける。

よろめいていているけど、なかなか倒れてくれない。

手を止めるな。止めたら私が死ぬ。

この体力はコテージできっと回復できる。

「ボォ――――――ルゥゥ――――――――――――！」

ヘビーボアがようやくぐらりと揺れて巨体《きょたい》を横倒しにした。

ピクピクと少し痙攣《けいれん》するヘビーボアに私はダメ押しの追撃をかます。


ミッションクリア！　魔法のコテージを手に入れた！

効果：どこでもコテージを展開できる。

　厨房《ちゅうぼう》、風呂《ふろ》、ベッド完備で何度使ってもなくならない。

「やったぁぁぁ――――――――――――――――――！」

私は叫んだ。

手にしたのは小さなコテージのミニチュアだ。

持ち運び自由でこれをどう使うのかはわからないけど、今は叫んだ。

これで今日のところは休める。

今の私に食料問題という概念《がいねん》はない。


新たなミッションが発生！
・魔法のコテージを使う。報酬：マスターナイフ

この優《やさ》しいミッションはご褒美《ほうび》かな？

手に入ったオアシスに対する喜びを噛《か》みしめて、私はコテージをセットした。

ミッションクリア！　マスターナイフを手に入れた！
効果：どんな魔物でも解体できる。

「うむ、良き！」

コテージの中には説明通り、一通り揃《そろ》っていた。

私は服や下着をその辺に脱ぎ捨てて、一目散に風呂へ向かう。

ボタンを押すと一瞬《いっしゅん》でお湯が溜《た》まる仕様らしく、私はたっぷりと浸《つ》かった。

「まず30分は浸かる！　温まった後で髪《かみ》と体を洗って仕上げに浸かる！」

体の芯《しん》から温まるとはこのことだ。

さっきまで死闘《しとう》を繰り広げていたんだから、今との落差はすごい。

そういえばあの猪に突進されてめちゃくちゃ痛かったけど大丈夫《だいじょうぶ》かな。

ジンジンと痛むけど死ぬほどじゃない。

でもどこか痛めてるかもしれないし、医者もいない。

コンテニューなんてないし、死んだら終わりだからさっきの行動は軽率《けいそつ》だった。

たまたま勝てたからいいけど、もしやばいのが来たらと思うと――

「なんとかなったからよし！」


新たなミッションが発生！
・マスターナイフで魔物を解体する。報酬：ヒラリボン

外にいるヘビーボアを解体するか。

このスキル、手に入るアイテムの効果が直前までわからない。

欠点といえば欠点だけど、逆に言えば手に入れる楽しみがある。

異世界の皆《みな》さんのスキルがどんなものかわからないけど、これで文句を言ったらバチがあたるよ。

風呂から上がってさっそく外に出てヘビーボアの解体に挑む。

マスターナイフを握りしめると――

「う、うぉぉーん⁉」

手が勝手に動いて、スムーズに解体ができる。

頭の中に一通り解体のやり方が入ってくる感覚だ。

あの巨体を解体するのにものの数分、部位ごとに綺麗《きれい》に切り分けられた。

ミッションクリア！　ヒラリボンを手に入れた！
効果：防御＋15　速さ＋40
回避率が大きく上昇する。

「リボンか。私に似合うかなぁ？」

誰に気を使うわけでもなし。

迷わずリボンを身に着けてから、ヘビーボアの肉を調理した。

生まれてこの方、料理なんかやったことないけど焼くだけなら簡単だ。

ジワジワと音を立てて、肉汁《にくじゅう》がフライパンの上に溢《あふ》れてくる。

猪の肉は元の世界でも好まれている食材だけど、果たして味はいかに！

できあがったヘビーボアのステーキは実に香《こう》ばしそうだった。

「んぅっ！　んっ！」

一口、噛むと程よい弾力性《だんりょくせい》を感じる。

調味料なんか使ってないのに、塩加減さえ感じられる肉の旨味《うまみ》だけでおいしい。

心配していた癖《くせ》や臭《くさ》みがほとんどなく、あっという間に平らげてしまった。

残った肉はコテージの保冷庫に保管しておけばいいか。

風呂でさっぱりして、お腹《なか》がいっぱいになったところで私はまた冷静に考える。

ヘビーボアの突進はたぶんステータスのおかげで助かった。

となると、火宿りの杖がなくてもある程度は戦えるという仮説が成り立つ。

じゃあ剣術でも学ぼうか？

ここは慎重になる必要がある。

いや、決して訓練がだるいとか言ってるんじゃない。

時間をかけるべきか？　と考えると、もう少し様子を見たほうがいいのかな。

クリア報酬でこの先、火宿りの杖みたいなお手軽アイテムが手に入るなら必ずしも訓練の必要はない。

この辺りはやっぱりこの世界の人たちを見て判断するべきだ。

あのお城の兵士はいかにも強そうだったけど、他の人はどう戦っているか。

兵士と考えたところで思い出したら腹立ってきた。

あの王様、今の私のスキルを知ったらどう思うんだろう？

戻《もど》ってこいとでも言うのかな？　今更、遅《おそ》い。

「もうね、私は止まらないよ。ミッションある限りね」

今日のところは本当に疲《つか》れた。

パジャマなんてものがあるはずもなく、私は下着のままベッドに潜《もぐ》る。

明日のことは明日の私にパスしよう。

＊　＊　＊

「出口がぁ――――！」

あった。割といい加減にさ迷ったのにこれは奇跡です。

魔の森とかいうひどい場所から出た先は大きく広がる平原だった。

とはいっても、人が歩いた道みたいなものがあるからあれに沿って歩けばいい。


新たなミッションが発生！
・ゴブリンを1匹討伐する。報酬：攻撃の実

「よしよし、ゴブリンちゃん。かかってらっしゃい」

「ごぶぶ」

「はい？」

ゾロゾロと歩いてきたのはなんと10匹。

某RPGでも序盤《じょばん》でスライムが画面いっぱいに並ぶと全滅《ぜんめつ》に至る。

1匹でいいんですよ。1匹で。

「ファファファファファファファファファファファファファイアボボボボボボボボォ――――ル！」

火宿りの杖を振りながら逃げ打ちした。

〝戦う〟と〝逃げる〟の選択肢《せんたくし》しかないＲＰＧとは違う。

「ごぶでふ！」

「なんか言った⁉」

気のせい。

このゴブリンとかいう魔物はスライムより強いらしく、火宿りの杖の一発じゃ倒せない。

そうなれば当然、反撃を受けるんだけど私は身軽にそれをかわした。

ヒラリボンのおかげで当たる気がしない。

「ごぶればはぁッ！」

最後の一匹が汚《きたな》い断末魔の叫びをあげた。

でもこれだけ動いたのに不思議と息切れしていない。

ステータスアップのおかげかな？

ミッションクリア！　攻撃の実を手に入れた！
効果：攻撃が＋10される。

「今回はちょっと割に合わなかったかなぁ」

こういうこともある。

気を取り直して、私は道に沿って歩みを再開した。

このまま歩けばどこかの町に着くかもしれない。

ミッションは私の意思では発生しないから、とにかく歩いていろんな場所に行くしかなかった。

＊　＊　＊

「陛下、異世界召喚を行ったというのは本当ですか？」

ファフニル国の国王が王国兵団の総隊長であるブライアスを驚かせた。

ブライアスは国に仕える身ではあるが、国王に賛同できない部分が多々ある。

つい先日も国王はスキルが弱いという理由で、小隊規模の兵士たちを解雇《かいこ》しているのだ。

これについて、ブライアスは内心で怒《いか》りを覚えている。

「だとしたらどうだというのだ？」

「異世界召喚は大変、危険です。人にあらざる絶大な力を持った異界の魔物を呼び出す可能性があります」

「フン、下らん。そんなものを恐《おそ》れては国は作れんわ」

「スキルは確かに重要ですが、多くの者たちは毒にも薬にもならないものです。そういった者たちが国を支えています」

国王が玉座に腰《こし》かけたまま、しかめっ面《つら》を崩《くず》さない。

先代はまともだったが、現国王が王位についてからは暗雲が立ち込めていた。

だからこそ、スキル至上主義をこじらせて異世界召喚まで行うようになった。

隣国《りんごく》の王子のスキルを聞いて焦《あせ》っている面もある。

「ブライアスよ。確かに取るに足らん者たちは多い。しかし世は常に一部の天才が動かしているのだ」

「その天才も手が足りなければ動けません。手足となるものが必要なのです」

「それが無才である必要はない。隣国のエクセイシアの王子のスキルを知っておろう？」

「はい、存じております」

「あれがその気になれば、我が国とて吹《ふ》けば消える。ならばどうするか……二つに一つだ」

このファフニル国と隣国のエクセイシア王国とは昔から友好関係にある。

攻《せ》めてくる可能性など万に一つもないと、ブライアスは辟易《へきえき》していた。

国王は隣国の王子のスキルを妬《ねた》ましく思っている。

そのような優秀《ゆうしゅう》なスキルが自分の娘にないことを悔《く》やんでいる。

これが国王のスキル至上主義の思想の根底にあった。

「一つは我が娘を隣国に嫁《とつ》がせることだ。そうすればとりあえずの脅威《きょうい》は去る。しかしあの娘のスキルでは相手も気に入らんだろう」

「そ、そのようなことはないかと……」

「もう一つ。強力なスキルを持つ者を配下に加えれば、あのエクセイシアを牽制《けんせい》できる。場合によっては攻め滅《ほろ》ぼすこともな」

「なっ！　それはいけません！」

「その時はそなたにも活躍《かつやく》してもらうぞ、ブライアス」

国王は異世界召喚をして、その者のスキルが有用であれば戦争の道具にしていた。

恐ろしいお方だと、ブライアスは恐れを抱《いだ》いている。

準備が面倒《めんどう》な上にリスクが大きい異世界召喚に手を出すのが国王だ。

ブライアスには召喚された者が幸せになるとは思えなかった。

「……召喚された者はどこに？」

「魔の森へ捨てた。今頃《いまごろ》は魔物の餌《えさ》になっているだろう」

「なんということを！　その者に戦いの心得はあったのですか⁉」

「剣すら持てぬ小娘だ。あろうはずがない」

魔の森はスライムなどの弱い魔物も多いが、中堅《ちゅうけん》の冒険者《ぼうけんしゃ》でも手間取る魔物もいる。

特にヘビーボアは生半可な鎧を砕《くだ》くほどであり、この魔物によって命を落とした者も多い。

なかなか刃が通らないので、討伐するのであれば魔法は必須《ひっす》だ。

生身の娘が襲われてしまえばどうなるかと、ブライアスは国王への不信感を募《つの》らせている。

「ス、スキルのほうはいかがでしたか？」

「クリア報酬とかいうわけのわからんスキルだ。何も起こらん」

「クリア報酬……。確かによくわかりませんが異世界の者であれば、我々とは比較《ひかく》にならないものであるはず……」

「異世界の者であれば凄《すさ》まじいスキルなど迷信だ。私がこの目で確認《かくにん》した」

ブライアスはクリア報酬について考えた。

報酬という点だけ見れば、条件を満たせば素晴《すば》らしいものが貰える可能性がある。

しかし、国王はろくに検証もせず放《ほう》り出した。

右も左もわからない異世界の人間を魔の森に追放している。

腹の内が煮《に》えたぎってしょうがない。

「陛下、その者の捜索を任せてはいただけませんか？」

「ならん。あのようなカスを捜索する必要などない」

「人の命がかかってます」

「それがどうしたというのだ？　私は常に国を考えている。取るに足らんと私が判断したのだ、従え」

国は多くの個によって生かされているものを、とブライアスは舌打ちしそうになる。

国王がその玉座に座っていられるのも個のおかげであり、彼《かれ》はその事実すらも理解していない。

しかしブライアスはこの国に仕える身、ここで反旗を翻《ひるがえ》すわけにはいかなかった。

ブライアスにできることは一つしかない。

それはひたすら頭を下げることだ。

「陛下、お願いします」

「ならんと言っている。これ以上、食い下がるのであればそなたには残酷《ざんこく》な処分を下さねばなるまい」

「くっ……！」

「……しかしだな。そなたのこれまでの功績に免《めん》じて任務を与えよう」

虚《きょ》を衝《つ》かれたブライアスが顔を上げた。

「あのカスが生きていると信じるそなたに相応《ふさわ》しい任務だ。生きているのであれば、ただちに異世界の少女を抹殺《まっさつ》せよ。その首をここへ持ってこい」

「は……!?」

「国内では敵なしと恐れられる閃光《せんこう》のブライアスならば欠伸《あくび》が出る任務だろう」

「抹殺の必要などありません！　どうかお考え直しくださいッ！」

ブライアスは自制が効かなくなっていた。

ブライアスの功績に免じてなどという国王の発言に怒り心頭だ。

これほど自分を愚弄《ぐろう》した任務がかつてあったか。

国の為《ため》ならばと邁進《まいしん》してきたブライアスだが、これは何一つ国益にならないと確信している。

国王だからといってこんなことが許されてしまうのかと怒りが収まらない。

が、寸前のところで出したい言葉を呑《の》み込んだ。

「どうした？　もうここに用はあるまい」

「……わかり、ました」

ブライアスは、声を絞《しぼ》り出して王の間を立ち去った。

第二章　町のごろつき討伐

レセップの町に到達《とうたつ》！　ヒールリングを手に入れた！
効果：ヒールを使える。

しゃあぁぁぁぁぁ！

なんかすごいのゲットォー！

某《ぼう》戦士だって回復魔法《まほう》を使えるスライムを仲間にした時にこのくらいテンション上がったはず！

さて、道沿いに歩くと運よく町を見つけることができた。

魔の森に着いた時も思ったけど、この到達した時のミッションは事前に告知されない。

理由はわからないけど、これはいわゆるお約束みたいなものだと思ってる。

新しい場所に行けば何かしらの報酬《ほうしゅう》が貰《もら》えると解釈《かいしゃく》していいかもしれない。

ということは旅を続けていけば、どんどんアイテムが増えるわけだ。

やっぱぁい、もう次の町に行きたくてしょうがない。

しょうがないけど、この町でも何かしらのミッションは起こるはずだ。

「うん、見事に中世風ファンタジーの町だね」

様々な色の三角屋根の建物が立ち並ぶ外国の街並みの写真が前の世界にもあったのを思い出す。

異国情緒《じょうちょ》なんていうけど、ここは異国どころか異世界だ。

こうしてみると、スウェットのままだとかなり目立ったと思う。

すごい旅人服のおかげだ。

だけどこのクリア報酬、あくまで受け身なのが欠点といえば欠点だ。

極論を言えば一切《いっさい》ミッションが発生しない時だってあるかもしれない。

え？　そんなのある？　自分で考えて怖《こわ》くて泣きそうになっちゃった。

そんなことになったら何のために生きればいいんだろう。

そして何も起こりそうにない。

せっかくの町だし最低限の情報収集を済ませて立ち去ろう。

ミッションがないなら長居する必要は――

「クォラァァァァ！　クソどもが道を空けんかぁぁい！」

ビクリと体が震《ふる》える。

いきなり大きな声を出した主を見ると、大柄《おおがら》なおじさんと男が二人。

あまり広い道じゃないのに三人が並んで、道行く人を蹴《け》り飛ばしていた。

うわぁ、なんか面倒《めんどう》なのきた。

あんなのがいるなら尚更《なおさら》、こんな町にはいられない。

さっさと出よう。うん。それがいい。

新たなミッションが発生！
・デクトロ一家のごろつきを三匹討伐《びきとうばつ》する。報酬：無限収納ポーチ

「いや、あの？」

このタイミングでミッション、そしてごろつき三匹。

デクトロ一家があの三人で間違《まちが》いない。ないのはいいんだけど匹って、あんた。

魔物扱《あつか》いなのが少し悲しい。

でも魔物ならしょうがないね。

「どかんかぁぁぁい！」

「ここは公共の道だよ」

「あぁあん⁉　なんじゃい！」

「正義の味方です」

いや、普通《ふつう》に対峙《たいじ》してどうする。

遠距離《えんきょり》から火宿りの杖《つえ》を振《ふ》るうのがベストなはずだ。

どうして私はお約束を守ってしまうのか。

そして臭《くさ》い。風呂《ふろ》に入ってないだろう異臭《いしゅう》が不快だった。

「あの、お風呂とか入ったほうがいいですよ？」

「一か月に一回は入っとるわぁ！　なんじゃこの失礼なクソガキはぁ！」

「この衛生観念よ」

「どかんかぁい！」

ごろつきが蹴りを繰《く》り出すけどあまりに遅《おそ》い。

ヒラリボンの効果もあって、余裕《よゆう》ばりばりで回避《かいひ》できた。

それに驚《おどろ》いたのか、ごろつきは蹴りの姿勢のまま器用に固まっている。

「な、なんじゃい！」

「すみません。ちょっと討伐しますね。ファファイファイっと」

「ぼぎゃあぁぁぁ――――！」

ごろつきが三人まとめて火の球に焼かれた。

あれ、これって殺したりしない？

さすがにそれはちょっと気が引けるので死なないでもらっていいですか？

「あ、あふっ……」

黒こげになったごろつきたちが倒《たお》れた。

これ死んでない？　大丈夫《だいじょうぶ》？

杖の先でつつくと、かすかにピクリと動いた。よかった。

ミッションクリア！　無限収納ポーチを手に入れた！
効果：アイテムを無限に収納できる。

「あ、はい」

どうも戦闘《せんとう》不能にした時点でいいらしい。

魔物扱いされてたからちょっと心配だった。

ちょっと別の意味でドキドキしたから、アイテムゲットの喜びに浸《ひた》るタイミングを逃《のが》してしまった。

「あのデクトロ一家を倒すとは……」

「なんてことを……」

余計なことをしたよね。そうだよね。

報復とか怖いもんね。それじゃ私はおとなしく去りま――

「すごい！　あの恐《おそ》ろしいデクトロ一味を倒すなんて！」

「救世主だ！」

「凄腕《すごうで》の魔道士だったか！」

観衆が一気に沸《わ》いた。

拍手喝采《はくしゆかっさい》で私を称《たた》えて、ついでに魔道士と勘違《かんちが》いされている。

褒《ほ》められて悪い気はしないけど今のごろつきってそんなに強かったの？

火の球一発で黒コゲになるような人たちなんだけど。

私が頭の上にクエスチョンマークを浮《う》かべていると、野次馬《やじうま》の中から一人の女の子が出てきた。

「あなたの腕を見込《みこ》んでお願いがあるのです」

「あなたはシスター？」

「はい、この町の教会に勤めています」

「はぁ、それはそれは……」

面倒なことに巻き込まれそうな予感がする。

でも物欲に目が眩《くら》んでごろつきを討伐したのは私だ。付き合うしかないか。

＊　　＊　　＊

シスターの女の子に教会に案内されると、心が安らぐ感覚があった。

前の世界でも教会なんてふーんって思う程度だったけど、この世界となると何らかの神聖な力が働いてるのかな？

でもあの聖女像は変なポーズだ。

なんでもかつて世界を救ったとされる聖女ソアリスの像で、ここはソアリス教の教会だとか。

どことなくアッパーをしてるように見えるけど、言ったら怒《おこ》られそうだからやめておこう。

「デクトロ一味は元冒険者《ぼうけんしゃ》や敗残兵の集団です。この町の衛兵にすら手に負えません」

「警察……いや、衛兵より強いの？」

「手下よりもボスのデクトロが強いんです。そのレベルは噂《うわさ》によれば10に届くと言われています」

「じゅ、10？」

私でさえ14なんだけど、この人たちにとっては強いの？

これはデクトロ以前に認識《にんしき》をすり合わせないといけない。

ほんのりと話題を少しずらして、私はレベルについて聞いた。

どうも町の人たちの大半はレベルが1のままで、その理由の一つは単純にレベル上げが面倒なこと。

誰《だれ》もが命をかけて魔物を討伐して経験を積もうとするわけじゃない。

それにレベルが上がったところで、ステータスの上昇量《じょうしょうりょう》は人によって違う。

私みたいに某SRPGの老騎士《ろうきし》並みの成長だったりするから、割に合わないみたいだ。

稀《まれ》に大器晩成型の成長を見せる人もいるみたいだけど。

「あの手下でさえレベル5前後……。元々は魔物討伐をしていた人たちなので私たちでは手に負えません」

「なるほど ー……」

「ですが、マテリさんのような優秀《ゆうしゆう》な魔道士であればきっと！」

「すみません。これ杖のおかげなんです。火宿りの杖といって振ればたぶん誰でも火の玉が出ます」

「ひ、ひひひひ、火宿りの杖ェエエエ！」

シスターがどうかしてしまったように、席から立ち上がった。

ビックリさせないでほしい。

「そ、そんなものをどこで⁉」

「これってそんなにすごいものなの？」

「誰でも魔法を使えるアイテムなんて市場にほぼ流通してないんですよ！　それ一つで小さな町なら買えちゃいます！」

「……へー」

冷静だ。私にはそれが必要だった。

やっぱり私のスキルで手に入るアイテムはそんなレアなものだったのか。

確かにデメリットなしで魔法を連発なんて、魔道士が泣いちゃう。

「し、しかし威力《いりょく》は持ち主の魔攻《まこう》に依存《いぞん》するはずです。マテリさん、かなり魔力が高いですよね？」

「ちょっと基準がわからないんでその辺もお願いします」

「私も詳《くわ》しくは知らないのですが、魔攻が50もあれば中堅《ちゅうけん》に届くようです。あ、参考にはなりませんが私のステータスをお見せしますか？」

「見たい見たい！」

名前：エリア
性別：女
LV：1
攻撃《こうげき》：1
防御《ぼうぎょ》：1+3
魔攻：8
魔防：7
速さ：1
武器：なし

防具：シスター服
スキル：『祈《いの》り』
称号《しょうごう》：『シスター』

魔攻と魔防以外は私の初期ステータスとほとんど変わらない。

戦ってないけどレベルを上げればそれなりに特化しそうだ。

この祈りは説明によると、周囲の人たちの傷を少しだけ癒《い》やすらしい。

回復魔法には及《およ》ばないから、気休め程度だと本人は笑う。

「スキルに恵《めぐ》まれてる人はあまりいませんよ。私の亡《な》き父なんて『剣《けん》装備』でしたから」

「剣装備？」

「剣を装備したら攻撃が＋１されるんですよ。神父が武器なんか持つかぁってお酒を飲むとよく怒ってました」

「う、うん……」

な、なるほど。

これはあの王様がスキル収集に目が眩むのもわからなくもない。

逆に考えれば強力なスキルを持つほど優遇《ゆうぐう》される一面がある。

エリアさんの話だと、そういう人は貴族になることが多かったり出世も早いらしい。

上位の冒険者も有用なスキルを保持していることも多いとか。

そりゃ誰もがとっとと仕事の技術を身につけて働くわ。

「マテリさんのスキルはどんなものですか？」

「あ、私は杖装備かな。杖を装備すると威力が上がるとかなんとか……」

「そうだったんですか。だから火宿りの杖での威力が大きかったんですね」

よかった。奇跡《きせき》的に誤魔化せた。

エリアさんはいい人そうだけど、あまり広まってほしくない。

あまり目立ちたくないんだがなというのはあながち間違いでもなくて。

素《す》で強くてやばい人に見つかったらどうなるかというお話だ。

「それでデクトロ一味のほうなんですが……。考えてみたら迷惑《めいわく》ですよね」

「確かに私にもリスクが」


新たなミッションが発生！
・デクトロ一味のごろつきを全滅《ぜんめつ》させる。　報酬：全上昇の実
・デクトロ一味のボスを討伐する。　報酬：ラダマイト鉱石

「引き受けますよ。困っている人を見捨てられませんからね」

「ほ、本当ですか！　ありがとうございますっ！」

それが私の性分《しょうぶん》だ。

正義のために、いざ！

＊　＊　＊

「ぐあぁぁぁぁあっ！」

「どうした！」

デクトロ一家のアジトは廃業《はいぎょう》した元酒場だった。

見張りを奇襲《きしゅう》して乗り込むと、中にはカウンター席に優雅《ゆうが》に腰《こし》かけているのが二人とテーブル席に八人。

そして隅《すみ》には私が焼き焦《こ》がした三人が手足を縛《しば》られたまま大怪我《おおけが》を負って倒れている。

明らかに殴《なぐ》る蹴るの暴行があった形跡だ。

「おう、かわいい客が来たなぁ」

「で、デクトロ様！　あいつですぜ！　とてつもない魔法を使うんでさぁ！」

「うるせぇッ！」

「がぁッ！」

カウンター席から立ったボスらしきおじさんが、怪我を負っている手下を蹴りつけた。

黒髭《くろひげ》をたくわえた風貌《ふうぼう》はいかにもって感じだ。

樽《たる》に入れてナイフを刺《さ》したら飛んでいきそう。

そんな黒髭ボスが私をジロジロと観察して、ニンマリと笑った。

「町の奴《やつ》ら、こんなもんを雇《やと》うほど余裕ねぇのかぁ？　なぁお嬢《じょう》ちゃん、俺《おれ》が」

「ファイっ！」

「ぐあはぁぁぁッ！」

「ボスゥゥ――――！」

ボス前会話とかどうでもいい。

でも強そうだからダメ押《お》しで何発か入れておこう。

「ファイファイファイファイファイファイファイっ！」

「あぎゃぎゃぎゃぎゃぎゃぎゃぎゃ！」

ようやく黒コゲになって動かなくなったボス。

これでミッションクリアのはず。

ミッションクリア！　ラダマイト鉱石を手に入れた！
効果：非常に価値がある鉱石。鍛冶屋《かじや》に持っていこう。

「っっしゃぁあああぁぁ――――――――！」

なんだかわからないけどレアな鉱石を貰った。

オリハルコンだとかあの辺に相当する鉱石かな？

鍛冶屋なんてこの町にあったかなぁ？

いやー、いい仕事した。

あのボス、レベル10にしてはタフだったかもしれない。

と思ってよく見たら、何か防具を身に着けている。

これは鎧《よろい》かな？

「ねぇ、このボスって何の装備をつけていたの？」

「あ、あんなに魔法を連発するなんて……化け物かよ……」

「答えてくれないとファファファイする」

「フ、フレイムアーマーです！　高いんですけど火属性の攻撃から身を守ってくれる優《すぐ》れモノです！」

「なるほどーそれでかー」

ということはこれを着ていなかったら今度こそ殺していた可能性がある。

プスプスと音を立てているボスを見て、私は反省した。

なかなかいいものを装備してらっしゃる。

その時、一人が私に武器を向けて斬《き》りかかってきた。

「この野郎《やろう》っ！」

「女です！」

「ぐえぇッ！」

思わず杖でそのまま殴っちゃった。

うまく脇腹《わきばら》にヒットしたみたいで、手下が悶絶《もんぜつ》して起き上がれない。

「に、逃《に》げろォ――――！」

「あいつやべぇよ！　レベルいくつだよ！」

「オレなんか4だぞ！」

残った手下が一斉《いっせい》に逃げ出した。

待ちなさい。君たちに逃げられると報酬がもらえない。

「一人たりとも逃がすかぁぁぁぁ――――！」

「ひぃぃ――！」

「わかった！　自首する！　だから」

「てやぁぁぁッ！」

「ぐへぁぁ！」

杖殴りで一人、ファイアーボールでもう一人。

逃げ惑《まど》う手下たちを確実に一人ずつ追い詰《つ》めていく。

涙《なみだ》を流して命乞《いのちご》いをしてきた気がしたけど聞こえない。

逃がさない逃がさない逃がさない逃がさない逃がさない逃がさない逃がさない。

＊　＊　＊

マテリの襲撃から一人、逃れた者がいた。

彼《かれ》の名前はボームス、三十六歳《さい》。田舎《いなか》生まれの男だ。

冒険者に憧《あこが》れて親の反対を押し切り、田舎を飛び出したのが十三年前。

田舎で畑いじりをして一生を終えるなんてごめんだと叫《さけ》んで、故郷を飛び出した。

男なら夢を大きく持つべきだと意気込み、冒険者ギルドの門を叩《たた》く。

ボームスの人生計画では三十歳までに一級に昇級して、貴族と縁《えん》を結ぶことになっていた。

そして貴族のお嬢様に見惚《みほ》れられての結婚《けっこん》がゴールだ。

怖いものなど何もなかった。なにせ故郷を捨てた男である。


しかし彼の人生は途中《とちゅう》から狂《くる》い始める。

些細《ささい》なことでパーティ内で仲間割れを起こして、ボームスは勢い余って殺してしまった。

金品を奪《うば》って逃げたものの、当然どこにも居場所はない。

それでも彼に恐れるものはなかった。

まだ若い上に自分には剣術の才能がある。

その自信があったからこそ、殺して奪って逃げて誰にも捕《つか》まえられなかった。

ボームスは自分に運があると確信していた。

遠くでボームスの仲間が悲鳴を上げる。彼のもとに誰かが近づいてきた。

「どこかなー？」

ボームスは路地裏のゴミ箱の中にいた。

あの悪魔に見つかったら終わりだと呼吸を殺していた。

ボームスたちを根絶やしにしないと気が済まない少女を恐れている。

杖一つで現れてはデクトロ一家を壊滅《かいめつ》寸前に追いやった悪魔がボームスを探していた。

「ここじゃないなー」

あの杖で殴られたら終わりだと、ボームスは震えていた。

彼らを壊滅させたファイアーボールは普通ではなく、しかもノータイムで連射できるのだ。

あの少女は悪魔だ。人ではない。人でなければ教会だ。

ボームスは昔から信心深かった。あのソアリス教の教会なら自分を救ってくれると考えた。

「……いないなぁ」

ボームスのもとから足音が遠ざかっていく。

息を殺した甲斐《かい》があったとボームスは安堵《あんど》した。

音を立てないようゴミ箱から抜《ぬ》け出す。

そして左右をしっかりと確認して慎重《しんちょう》に歩いた。

「いいぞ、このまま行ける……」

もうすぐ路地裏を抜けるとボームスは希望を見出《みいだ》す。

人通りが多い場所なら、どうとでもごまかせるはずだと走った。

「みぃつけた」

ボームスの後頭部を何かが殴打《おうだ》した。

「全上昇の実ゲットォ――――――――！」

ボームスの意識が闇《やみ》に落ちる寸前、彼はその雄叫《おたけ》びを聞いた。

どこで間違ったのか。いや、最初からおかしかった。すべてが。

ボームスの意識がなくなった。

＊　＊　＊

ミッションクリア！　全上昇の実を手に入れた！
効果：全ステータスが＋１００される。

「デクトロ一味の逮捕《たいほ》、ご協力感謝します！」

私はボスを含《ふく》めてデクトロ一味を縛り上げて衛兵に突《つ》き出した。

聞けばこの町には経験が浅い衛兵が配属されているらしく、デクトロ一味には手を焼いていたらしい。

中途半端《はんぱ》に捕《とら》えてもボスが手下を引き連れて報復にくるから手を出そうにも出せずにいた。

そんな中、私がこの一味を引き渡《わた》したんだから手を握《にぎ》って何度も感謝される。

「マテリさん、本当にやってくれたんですね！」

「エリアさん、こんなものでいいかな？」

「すみません、会ったばかりなのに無理を言ってしまって……それなのにあなたは叶《かな》えてくださった」

「ちょ、何してるのさ」

エリアさんが跪《ひざまず》いて私に祈りを捧《ささ》げた。

ここまでされると照れるやら、報酬の一つでも欲《ほ》しいやら。

でもこの祈りのおかげでかすかに疲《つか》れがとれた気がする。

本人はほとんど役に立たないスキルといっていたけど、そんなことない。

たとえ小さな事象でも、ほんの少しでも気が安らぐなら誰かの役に立っている。

どこかの王様みたいに損得と大小、有か無でしか見られないのはちょっとかわいそうかな。

「それでぜひなにかお礼がしたいのですが……」

「きたこれッ！」

「は、はい？」

「いえ、お礼ですか。気を使わなくてもいいですけど、いただきます」

危ない、危ない。

お礼に飛びつくなんて相手にしたら失礼だよね。

私にしては気を使ったはず。

ではぜひ、ご厚意に甘《あま》えよう。ん？

「なんか人が集まってきてない？」

「皆《みな》さん、マテリさんに感謝してるんですよ。私もあなたが聖女のように思えて仕方ありません」

「せーじょー……？」

「自ら危険を冒《おか》して人々を救ってくださる……まさに聖女です」

「えー、あー……そう」

全員が私に祈りを捧げ始めた。

言っちゃなんだけど、異様な雰囲気《ふんいき》だ。

エリアさんの話によれば、この町の住人の大半はソアリス教の信者らしい。

だからこの祈りはわかるんだけど――

「聖女様だ……」

「あの方は聖女様の生まれ変わりに違いない……」

「あぁ、尊い……」

尊いとかネット以外で使われる場面があったなんて。

どう見ても聖女とは程遠《ほどとお》い容姿だし、盛大《せいだい》に勘違いさせてしまっている。

そこにミッションがなかったら普通にこの町は素通《すどお》りしていたかもしれないのに。

傍《はた》から見たら無償《むしょう》で人助けをした聖女になるんだ。

ちょっと痒《かゆ》いなー恥《は》ずかしいなー。

「今夜はうちに泊《と》まっていってください。お食事もご用意します」

「お世話になります」

まぁ貰えるものはもらっておこう。

名前：マテリ
性別：女
ＬＶ：15
攻撃：２１８＋13

防御：１９０＋16
魔攻：１５９
魔防：１４０
速さ：２１３＋40
武器：火宿りの杖
防具：すごい旅人服
　　ヒラリボン
スキル：『クリア報酬』
称号：『捨てられた女子高生』
　『スキル中毒』
　『物欲の聖女』

＊　＊　＊

「エリアちゃん、なんだか今日はハツラツとしているな！」

「ええ、元気をいただきましたので」

エリアが教会前の清掃《せいそう》をしている時、近所に住む中年の男が気軽に話しかけた。

彼が言う通り、エリアには活力が漲《みなぎ》っている。

「お父上が亡くなられた時とは見違えたよ」

「あの時はご迷惑をおかけしました」

「いやいや、あいつとクソスキル談義ができなくなって俺もだいぶ落ち込んだよ。ましてや娘《むすめ》のエリアちゃんにしてみればな……」

「フフフ……確かおじさんのスキルは片足立ち靴下《くつした》穿《ば》き、でしたよね？」

「言うなよ！　恥ずかしい！」

あれは夢だったのではないかとエリアは時々思う。

マテリという少女は幻《まぼろし》だったのかと、現実感がない出来事として認識している。

ふらりと現れた少女は一切の見返りを要求せず、デクトロ一味の壊滅を快諾《かいだく》した。

マテリという少女は聖女様の生まれ変わりかもしれないとエリアは半ば本気で信じている。

「いいか、エリアちゃん。この俺のスキル、片足立ち靴下穿きは本当にひどいんだ。俺の妻だってできるからな」

「私もできますよ」

「だろ⁉　はぁー、あの閃光《せんこう》のブライアスみたいなかっこいいスキルなら、俺も今頃《いまごろ》は違った人生を送っていたのかなぁ」

「でも素敵《すてき》な奥様《おくさま》とご結婚できたじゃありませんか」

デクトロ一味がいる時、エリアは怖くてこういった他愛《たわい》もない会話もできなかった。

彼女《かのじょ》たちだけではない。

町中の住人たちが活気づいている。

衛兵たちも、あれから訓練を強化していた。

マテリという少女に救われたことが少なからず負い目となっているからだ。

エリアもその一人であり、これからは前向きに教会の運営をがんばりたいと思っている。

「じゃあな、エリアちゃん。仕事行ってくる」

「いってらっしゃいませ」

エリアがぺこりと頭を下げて、朝陽を浴びながら掃《は》き掃除《そうじ》を再開した。

気持ちのいい朝を迎《むか》えることができたマテリさんに感謝している。

あの少女はやはり聖女様と、いつかまた出会える日がくることを願いながら今日も元気に生きると誓《ちか》った。

＊　＊　＊

ブライアスが率いる部隊は魔の森で捜索《そうさく》を開始していた。

しかしマテリは見つからず、成果が出ない。

魔物と天然の迷路《めいろ》をかいくぐり、生存者を見つけ出すなど至難の業《わざ》であった。

ブライアスも人の子であり、未熟故《ゆえ》に物事がうまくいかなければ当たり散らしてしまうことがある。

今回は捜索の邪魔《じゃま》をする魔物がその対象となってしまった。

この惨状《さんじょう》を部下が呆然《ぼうぜん》として眺《なが》めている。

「ヘビーボア十八匹、キングエイプ七匹、ヘルスパイダー十二匹……さすがです」

「捜索を続けよう」

ブライアスは冷淡《れいたん》に応えた。

数多《あまた》の魔物の死体が目の前にある。

襲《おそ》ってきた魔物は、どれも丸腰の少女が逃げ切れる相手ではない。

更《さら》にだいぶ日数が経《た》っており、生存など絶望的なのは誰の目から見ても明らかだった。

では国王に行方《ゆくえ》不明の報告を行うかとなれば、ブライアスはそれを良しとしない。

「他を当たろう。まだ捜索していない場所があるはずだ」

「陛下から何か聞いていないのですか？」

「魔の森という情報しか話していただけなかった」

「それは……」

ブライアスの発言に誰もが察した。

今回の任務は明らかにおかしい、と。

国王はなぜ魔物に食われて死んだと確信している少女を、自分たちに捜索させるのか。

国王もやはり異世界の少女のスキルを恐れているのではないか。

効果がわからずに追放したとはいえ、何らかのスキルであることは誰もがわかっている。

もし有用なものであれば、と国王が冷えた頭で考え直したとブライアスは疑っていた。

「……もし少女が生きていたら迷わず殺せますか？」

部下の投げかけにブライアスは即答《そくとう》できなかった。

兵隊を率いる総隊長として、即答できなければいけないことはわかっている。

しかしブライアスは何も答えられなかった。

少女が生きていた場合、大人しく従うとはブライアス自身も思ってない。

まともであれば自分を追放した者に仕えるはずがなく、下手をすれば厄介《やっかい》な敵となるとすら考えていた。

一説によれば異世界から召喚《しょうかん》された者のスキルは、この世界の根幹を揺《ゆ》るがすほどらしい。

「スキルはクリア報酬だそうだ。副隊長、どう思う？」

「報酬というのが引っかかりますね。条件はともかく、問題はどのようなものがあるのか……」

「そうだ。この際、条件よりもそこなのだ。もし言い伝え通りであれば、我々の想像を絶するものが与《あた》えられるかもしれん」

「金銀財宝ですかね。俺にはその程度のものしか思いつきませんね」

そんな俗《ぞく》なスキルであればそれでいいとブライアスは思う。

生涯《しょうがい》、困らない生活をするのであればそれが一番であり、誰も傷つかない。

しかし異世界の少女がよからぬ人間であれば、その限りではないとブライアスは不安を募《つの》らせる。

国王が異世界召喚に手を出すような者と他国に知れてしまえば、外交に影響《えいきょう》する可能性があった。

「……異世界の少女が生きていれば生け捕《ど》りにする。もちろん善であれば、だ」

「しかし未知のスキル相手は怖いですね。俺なんか完全に戦闘向きじゃないから不安ですよ」

「お前のスキルは我が隊になくてはならないものだ。そう卑屈《ひくつ》になるな」

「そう言っていただけるのは嬉《うれ》しいですがね。隣国《りんごく》の王子のアレを知ってしまったら、どうにも……」

　生まれつき何が備わるかも不明なスキルで人生が左右されるなど馬鹿《ばか》らしいと、ブライアスは常々思っている。

　人として大切なのは何を持っているかではなく、何ができるか。

　長い人生においてそれを見つけられた者が強い。

　自身が言えた立場ではないと思いつつ、国王のような人間はいなくならないだろうとブライアスは憂《うれ》いていた。

「さて、この辺りもそれらしいものは……む？」

「ブライアス総隊長、どうかされましたか？」

「あれを見ろ。あの骨はヘビーボアではないか？」

「そうですね。あんなに綺麗《きれい》に骨だけ残るのも珍《めずら》しいですね」

　ブライアスがそれに近づく。

　それは魔物が食い荒《あ》らしたものとは違った。

　何者かが必要な部分だけ解体したかのようだった。

「冒険者ですかね？」

「そうかもしれんが、やけに気になるな……副隊長、アレを頼《たの》む」

「了解《りょうかい》しました。追跡《トレース》……」

　部下である副隊長のスキルが発動した。

　彼のスキルは触《ふ》れたものの痕跡《こんせき》から追跡することができる。

そこに過去に存在していたもの、その軌跡《きせき》。

すべて彼の脳内でしかわからないが、ブライアスたちは何度もこのスキルに助けられてきた。

閃光のブライアスから逃れた者はいないと囁《ささや》く者がいるが、その功績は副隊長によるところが大きい。

「これ当たりですよ。似顔絵の少女……異世界の少女が手早く解体しています」

「なに⁉　しかし、戦いの心得もないのにどのようにして？」

「そこまでは……。ただ見たことがないナイフを手にしていました。独特の装飾《そうしょく》でしたね」

「ナイフ……」

異世界召喚の際に、人間の似顔絵を寸分違《たが》わず写し描《えが》くスキルを持つ者がいた。

その似顔絵しか手がかりはなかったが、副隊長のスキルが冴《さ》えたのだ。

暗雲がかかっていたブライアスの頭が晴れた。

「そうか……。生きていたのか」

「行先も見当がつきます。急ぎましょう」

「あぁ、これよりブライアス隊は異世界の少女を追う！」

「ハッ！」

進路はおそらくレセップの町だ。

そこで会えたらどうするか。

しかしブライアスはあえてそこから先は何も考えなかった。

＊　＊　＊

「デス・アプローチ、そなたの力を借りる時がきた」

「ヒェッヒェッヒェッ！　陛下にお呼ばれいただけるとは感激の極み！」

国王がとある人物を呼び寄せていた。

その男は国王の大切な腹心だった
黒のローブを羽織り、フードから覗《のぞ》かせるその顔はまさに死神だ。

常に懐《ふところ》に忍《しの》ばせておくことによって、いざという時に抜く。

いわば陰《かげ》の実行役である。

デス・アプローチ。そのスキル名も同名であり、本名はない。

この国では年に一度、大規模なスキル鑑定《かんてい》の儀《ぎ》を行う。

国民の中に有用なスキルを持つ者がいるのであれば、国王が王宮へ招くこともある。

その際にギャンブルに溺《おぼ》れていたろくでもないこの男が引っかかったのだ。

こうしてひどい人生から一転して以来、彼は毎日のように遊び歩いている。

異を唱える者はいたが、逆らう者はすべて国王が処分した。

スキルこそがこの世の真理であり絶対だ。

それがわからない者は死ぬまでクソみたいな生き方をすると国王は本気で考えている。

本来であれば王の間に立ち入ることすら許されぬ器量であるが、国王はデス・アプローチを手元に置いていた。

「陛下のためならばどんなに汚《けが》れても構いません！　ヒェッヒェッヒェッ！」

手元に置く理由の一つがこの忠実さだった。

学のない男であるが、これ一つで国王は配下にしている。

しかし一番の理由はこのスキルを手放すことが危険だからだった。

「デス・アプローチよ。そなたに任務を与える」

「数百万に膨《ふく》れ上がった借金を返せますかねぇ？　ヒェッヒェッヒェッ！」

「成功すればな」

「それで私になにをさせようと？」

無礼極まりないデス・アプローチの物言いだが、国王は黙認《もくにん》している。

使えるのであればそれでいいと思っているからだ。

それはマテリにも言えることで、使えなかったから捨てた。

ただそれだけのことであり、ブライアスに不満があるのが国王は気に入らない。

くだらん情に絆《ほだ》されるなど、未熟極まりない。

一人、無能がいればそれだけ資源を消費する。

無能のために貴重なものが失われるのは国にとっても過失だ。

それは大なり小なりそこかしこで起こっている。

そういった考えで国王は為政者《いせいしゃ》として、国を引き締《し》めようとしていた。

「そなたはブライアスを監視《かんし》しろ。奴に異世界の少女の抹殺《まっさつ》を命じているが、万が一ということもある。もし奴がくだらん判断をするようであれば殺して構わん」

「ヒェッヒェッヒェッ！　陛下も恐ろしいことを私にさせる！　しかしあのブライアス、いくら私でも正面からではとても敵《かな》いませぬ！」

「もちろんやり方はそなたに任せる」

「それでその異世界の少女はどうしたらよいので？」

「従うのであれば生け捕りでよい。抵抗《ていこう》すれば殺せ」

「しっかし生きてますかねぇ？　あの魔の森ですよ？　私でも恐ろしくて近づきたくありませんよぉ？　ヒェッヒェッヒェッ！」

国王も馬鹿らしいと感じている。

しかしマテリのクリア報酬はやはり気になっていた。

頭に血がのぼって追放してしまったものの、同時にとてつもないスキルの可能性もあるとわずかな不安を拭《ぬぐ》えない。

それが他国の手に渡ればどうなるか。

だからこそ国王は万が一の可能性を潰《つぶ》しておこうと考えた。

「それにあのブライアスの旦那《だんな》ですよ？　いつだって陛下に尻尾《しっぽ》を振っていたじゃないですかぁ！　ヒェッヒェッヒェッ！」

「良い犬でも手を噛《か》むこともある。だったら処分するしかあるまい」

「ま、私はお金がもらえたらそれでいいんですけどねぇ？」

「そなたはそれでいい。ブライアスもそうであるべきだった」

国王はブライアスに失望していた。

良いスキルを持っても本質を見誤るのであれば話にならない。

ならば自分の手で粛清《しゅくせい》しなければいけない。

デス・アプローチのスキルは無敵だ。

彼が聡明《そうめい》であれば、確固たるポストにつかせていたと国王は本気で考えていた。

スキルをどう扱うかは自分のような優秀な人間が判断すればいい、とも。

「陛下、おみやげは期待しないでくださいねぇ？　経費で落ちるんなら別ですけどぉ！　ヒェッヒエッヒエッ！」

国王がデス・アプローチを見送った後、ぼんやりと天井《てんじょう》を見つめた。

異世界の少女が愚物《ぐぶつ》でないことを願っている。

もしクリア報酬が有用なスキルであり、忠誠を誓うようであれば国王はそれなりの将来を約束するつもりだ。

マテリという少女は子どもであり、それなら自分の口車に乗せれば手駒《てごま》とすることも容易だと確信している。

「フフフ……。急に気分が高揚《こうよう》してきたわい」

国王は久しぶりに数百年もののワインを嗜《たしな》むことにした。

第三章　鍛冶師のお仕事

ガンドルフの町に到達《とうたつ》！　プロテクトリングを手に入れた！
効果：常にガードフォース状態になる。

なになになになにガードフォースってなに誰《だれ》か説明説明説明！

守りが上がっちゃう？　常に？

かたくなるぅぅ――――！

さて、レセップの町で情報を聞いて私が辿《たど》りついたのはドワーフが集《つど》う町ガンドルフ。

鍛冶《かじ》がお盛《さか》んな町で、いい武器や防具が欲《ほ》しければここを目指せというのが冒険者《ぼうけんしゃ》たちの鉄則らしい。

鍛冶師の大半はドワーフで人間はほとんどいない。

人間がいないわけじゃないけど、鍛冶に関しては手先が器用で鉱石の取り扱《あつか》いと知識に長《た》けたドワーフの右に出るものはいないない。

おかげで各地から様々な武器や防具、その他もろもろを持ち込《こ》む人でごった返している。

レセップの町以上に大きいらしいから、今から楽しみだ。

どんな報酬《ほうしゅう》が貰《もら》えるミッションが起こるのかなっ！

「あ、でもいい匂《にお》いがするなぁ……」

屋台か何かがあるみたい。

道中、魔物《まもの》の肉を解体して焼いていただけだから、ちゃんと調理された料理は久しぶりだ。

シスターのエリアさんやレセップの町の町長からたっぷりとお金を貰ったし、たまには贅沢《ぜいたく》もいいよね。

「ふぉわっふ！　おいふぃいい……」

行きついた屋台で買った串焼《くしや》きを一口、食べると遠慮《えんりょ》なく声が出た。

甘《あま》いタレがかかった何の肉かわからない串焼きだけど、普通《ふつう》に味付けされてるだけでおいしい。

こうなると私も少しは料理くらいやっておけばよかった。

前の世界ではお昼なんてインスタントとコンビニ弁当だったからね。

たまに話題の健康食品に手を出しては三日で飽《あ》きた。

気がつけば十本くらい食べ終えた頃《ころ》、視界の端《はし》に屋台と並んで鍛冶屋が見える。

そうだ、私はこのラダマイト鉱石で何かを作ってもらおうとしてるんだ。

最強の鍛冶屋と書かれた看板を信じるかどうかは別として、ひとまず話しかけてみよう。

この人はドワーフじゃなくて人間っぽいけど、まぁいいか。

「すみません。こちら鍛冶屋で間違《まちが》いないですか？」

「ん？　あぁ、そうだ！　うちが最強の鍛冶屋で間違いねぇ！」

「そうなんですか。お金ってどのくらいかかります？」

「モノによるが五十万はもらうな！」

「たっかぁ――い！」

思わず叫《さけ》んだ私を最強の鍛冶屋が訝《いぶか》しむ。

実は手持ちのお金で払《はら》えないわけじゃない。

それなりに報酬はもらったけど、残念なことに私は鍛冶の相場を知らない。

職人への依頼《いらい》だから安く済むとは思ってなかったけど、五十万は想定外だ。

「おいおい、世間知らずかよ。うちみたいな最強の鍛冶屋に頼《たの》むならこのくらいは当然だぜ？」

「いやいや、お嬢《じょう》ちゃん。そこはやめておきな？」

私の背後にもう一人、鍛冶屋らしき人間が現れた。

彼《かれ》が登場するなり、最強の鍛冶屋が舌打ちする。

「てめぇ、サギル。商売の邪魔《じゃま》するんじゃねぇよ」

「ボボリ、お前はろくな技術もないくせに最強と銘打《めいう》って高値をふっかける。お嬢ちゃん、ここじゃそんなのばかりだ」

「てめぇのところは安いだけでナマクラしか打てねぇじゃねぇか！」

「うちの看板を見ろ。『ナマクラで知られるサギル店、実は最安値で名剣《めいけん》を打っていた。あの閃光《せんこう》のブライアスの剣をうちで打っていたと知ったところでもう遅《おそ》い。馬鹿《ばか》にしていた人たち、息してる？』だ。最強だの安っぽいんだよ」

「てめぇはてめぇで長いんだよ！　しかも客を馬鹿にするんじゃねぇ！」

この世で一番どうでもいい争いが始まってしまった。

ヒートアップした二人を放置して歩き始めると、確かに鍛冶屋がたくさんある。

どの店も看板の気合の入りようが凄《すご》かった。

世界一の鍛冶屋。

あの世界三大名工の一人が唸《うな》った⁉

最高の一打ち、魂《たましい》の一振《ひとふ》り。至極《しごく》の仕事、ここにあり。

まぁ確かに看板は大切だ。

いくら腕《うで》がよくても、外面がパッとしなかったらお客さんはなかなか入らない。

少し過剰《かじょう》に煽《あお》るくらいがちょうどいいのかも。

今の人たちは人間だったし、目に見える鍛冶屋もそうなのかな?

ドワーフが多いと聞いていたのに。

気になって情報収集をしたところ、ここ最近は鍛冶屋が増えているらしい。

最初は腕のいいドワーフだけの鍛冶屋だったけど、そこへ儲《もう》かると知った人たちが大量に店を構える。

今じゃろくに鍛冶の基礎《きそ》もできない人たちが鍛冶屋を自称《じしょう》して、かなりカオスな状況《じょうきょう》だそうだ。

腕が悪いんじゃ儲からないんじゃと思ったけど、そこは知恵《ちえ》を回す人間。

過剰な看板やあの手この手で客を引いていると、親切な冒険者さんが教えてくれた。

なるほど、どこの世界も変わらないわけね。

というわけで残ったドワーフの鍛冶屋を教えてもらったけど、人間の店と違って目立たない。

外観だけ見れば鍛冶屋とすらわからないところも多く、ストイックな職人魂を勝手に感じてしまった。

さっそく鍛冶を頼もうとすると——

「人間に打つものなんてねぇ！　帰んな！」

「あ、はい」

まさかの人間嫌《ぎら》い設定か。

いや、あの大通りにいたぼったくりと詐欺師《さぎし》みたいなのが溢《あふ》れてるならしょうがない。

あれから七回くらいしつこい客引きにあってひどい目にあったからね。

じゃあ、次の店なら？

「消えな！」

「あ、はい」

ダメです。詰《つ》みました。

悪貨は良貨を駆逐《くちく》するとはこのことだ。

こうして人間はあの質が低い鍛冶屋を利用するしかなくなる。

途方《とほう》に暮れた時、ポツンとむき出しの鍛冶場と共に一人の女の子が立っているのが見えた。

汚《きたな》い字で「かじや！」とだけ書かれている。

「かーじやー！」

「さてと、どこにしようかな？」

「かじぃぃやー！」

「うーん……」

「かじゃぁッ！」

「アピールがすごい」

私に接近してきて、もう普通に話しかけてるのと変わらない。

変なのに捕《つか》まっちゃった。

「お姉ちゃん、あんなガンコジジイの鍛冶屋なんかダメだダメだ！　オラの店で打ってけ！」

「あなたもドワーフなの？」

「んだんだ！」

妙《みょう》なイントネーションで変な子だけど、すがってみるのも悪くないかな。

ミッションが起こらなくて危《あや》うく興味を失いかけた町だけど、まだ希望はあるかもしれない。

その女の子の名前はミリータ。褐色肌《かっしょくはだ》をしたドワーフでまだ二十歳《はたち》らしいけど、私より幼く見える。

ミリータちゃんは先輩《せんぱい》を見習って故郷から遥々《はるばる》と出てきたらしいけど、ここでは小娘《こむすめ》が店を出すことを許されていない。

ましてや今は人間たちが詐欺紛《まが》いのひどい商売をしているせいで、隅《すみ》にまで追いやられていたと涙《なみだ》ながらに説明された。

つい付き合ってしまったけど私としてはもうこの町から出たくてしょうがなかった。

ミッションは起こらないわ詐欺とぼったくりしかいないわ、挙げ句の果てにドワーフから迫害《はくがい》されてモチベーションが地に落ちている。

ラダマイト鉱石はどこかに売ろうかとさえ考えていた。

考えていたんだけど、このミリータちゃんが現れたことで事態は変わる。

「そんなわけでな、オラの鍛冶の腕は誰にも負けねぇんだ……」

「うんうん。じゃあ、このラダマイト鉱石を使ってなにか作ってくれる？」

「ラ、ダマイト、鉱石……？」

「まさか幻《まぼろし》の鉱石ってわけじゃないよね」

「幻だべがなぁ――――――――――！」

耳をつんざく絶叫《ぜっきょう》だった。

何事だとドワーフたちが店から出てきたから慌《あわ》てて笑顔《えがお》でごまかす。

「なんだ、またミリータか。人間相手に商売しようってか？」

「オラが誰と商売しようと勝手だ。あんたらこそ、人間に仕事とられたくらいでしかめっ面《つら》で店構えて情けねぇ」

「フン、こっちにはしっかりとした常連客がいるんだ。お前こそ、ここで商売なんてやったらどうなるかわかってんだろうな？」

「どうなる？」

ドワーフがミリータちゃんの頭を掴《つか》んで持ち上げた。

ミリータちゃんは小柄《こがら》な体とはいえ、恐《おそ》ろしい力だ。

「あだだだだ！　は、放せ！　おろせぇ！」

「半人前が鍛冶なんてほざくな」

「うるせー！　オラの勝手だぁ！」

なんだかすごいことになっちゃった。

面倒《めんどう》だからここは私がきちんと謝ろう。

私は何一つ悪くないし事情も詳《くわ》しく知らないけど、ミリータちゃんはダメと言われてることをやってしまった。

だから私がまず頭を下げて――


新たなミッションが発生！
・ドワーフのドグを討伐《とうばつ》する。報酬：剛神《ごうしん》の腕輪

「ファイアボォォ――――――――！」

「ぐあわぁぁぁッ！」

たとえどんな理由があろうとも、暴力をふるっちゃいけない。

正義の血が騒《さわ》いだ私は、迷うことなくドワーフのドグにファイアーボールを叩《たた》き込んだ。

「ぐぅう……な、なにをする……！」

「とあぁぁ――！」

「うぐぁッ！」

「てやてやてやぁっ！　ファイファイファイファイファイファイファァ――イ！」

「ぎゃあぁぁぁ――――！」

杖《つえ》による暴行と火の玉連打だけど、ドワーフは怯《ひる》みながらも反撃《はんげき》してきた。

恐ろしい形相でドワーフがハンマーを振り回す。

こりゃタフだ。でも私には一発も当てられない。

回避《かいひ》率アップの恩恵《おんけい》が大きすぎる上に、あの大振りだ。

「このガキがぁぁッ！」

「うりゃぁぁッ！」

「うぐっ……」

頭に杖を振り下ろして、ようやくドワーフが倒《たお》れた。

いやぁタフだったなぁ。いい汗《あせ》かいた。

ミッションクリア！　剛神の腕輪を手に入れた！
効果：レベルに応じて攻撃《こうげき》に補正がかかる。１レベルにつき20上がる。

「加速的成長ォォォ――――！」

攻撃アップどころじゃない！

レベルが上がるごとにチェックしたくなるやつだ！

さすが神！　これをさっそく装着して、と。

「ふんふんふんふんふんっ！」

「ひっ！　な、なにしてるだぁ！　オラ、わけわかんねぇ！」

素振《すぶ》りをして感触《かんしょく》を確かめてみた。

でもこういうのは的がいないとわからない。

あー、早く試《ため》したいな。新アイテムを手に入れたときの醍醐味《だいごみ》だよ。

早く早く的的的的、的、的、的！

「気に入らなければ一級冒険者すら叩き出すあのドグが……」

「グランドドラゴンを槌《つち》で叩き殺してたはずだぞ……」

「ドグをあれだけ痛めつけて喜んでやがる……」

気がつけば青ざめたドワーフが私を遠巻きに見ている。

そういえばこの人たち、私に戦いを挑《いど》んできたんだっけ？

それともドグって人だけだっけ？

いや、ミリータちゃんに因縁《いんねん》をつけてきたわけだから、助けた私も無関係じゃない。

「つまり戦う理由が成立すると……新アイテムの試運転をしたいからなぁ」

「なんだぁ、ブツブツ言ってやがる……」

「ね、私と戦お？」

「いぃッ⁉」

「たーたーかーおー？」

にじり寄ると、あれだけ強気だったドワーフたちが後ずさりする。

杖を振りながら、私はいつでも迎《むか》え撃《う》てるように構えた。

レベルが上がるごとに戦いの自信がついてくるし、ステータスが上がっている実感がある。

あ、そういえばプロテクトリングの効果も試してないな。

でもあえて殴《なぐ》られるのはさすがになぁ。

「ま、待ちやがれ。ミリータについては見逃《みのが》す。お前にも絡《から》まない」

「え、戦わないの？」

「鍛冶がしたいんだろ？　それならそうと最初から言ってくれ」

「言ったんだけどなぁ」

「あんたとは揉《も》めない！」

「……そっか」

少し残念だけど戦意がない人たちを痛めつける趣味《しゅみ》はない。

剛神の腕輪のおかげで気分がいいし、なかなかいい町です。

＊　＊　＊

「ラ、ラ、ラ、ラダ、マイト、鉱石……」

ドワーフたちが文字通り、腰《こし》を抜《ぬ》かしている。

生半可な鉱石を持ち込んでも鼻で笑うような人たちと聞いてるけど、ここまでのリアクションをとるわけか。

「それ、そ、それをどこで手に入れた？」

「それは言えないなぁ。これってすごいの？」

「古《いにしえ》の時代に世界を救ったとされる英雄《えいゆう》が使っていた、武器の素材となった鉱石だ。本物は今や世界に一か所にしかない……。俺《おれ》たち、ドワーフの国のみ存在する」

「へぇ、そうなんだ」

そうなんだ、で済ませられる事態かと言いたげだ。

ドワーフの国にあるのは英雄が使っていた武器と防具らしく、過去に他国の侵略《しんりゃく》を受けたみたい。

同時に英雄を神聖化している国からは友好同盟を結んでもらえたり、交易なんかも盛んだとか。

英雄が装備を預けた国ということで、持っているだけで良くも悪くも絶大な効力を発揮する。

そっか。すごいんだ。

「……よくわからんが、お前の手にそれがあるってことは英雄の意思かもな」

「英雄の意思？」

「英雄がお前を導いて見込《みこ》んだんだろう。普通の人間がそれを手に入れられるわけがないからな」

「あの、だとしたらどうなのかな？」

「このことは同胞《どうほう》にも伝えよう。俺たちとしても今後、困ったことがあればお前に手を貸す」

うわぁ、なんかすごいことになっちゃったなぁ。

ドワーフたちが私に跪《ひざまず》いてるよ。

でも協力してくれるというなら、お言葉に甘えちゃおう。

「このラダマイト鉱石、胸当てにできない？」

「へ？　剣や鎧《よろい》じゃなくていいのか？」

「私は英雄じゃないし、できれば軽装で動きたい」

「わかった。じゃあ……」

「その役目はオラに任せてくれねぇか！」

ミリータちゃんが颯爽《さっそう》と手をあげた。

これにはドワーフたちも納得《なっとく》できず、なんだぁこいつみたいな目で睨《にら》みつけている。

「ミリータ、お前はまだそんなことを……いや。マテリのお嬢ちゃんが決めることか」

「え、私が？　うーん……」

私は鍛冶のことはよくわからないから、これぱかりは判断が難しい。

ドワーフの方々に店を出す許可を貰えてない子に託《たく》すのはさすがにリスキーだ。

かといってここで断るのも気が引ける。


新たなミッションが発生！
・ミリータに鍛冶を依頼する。報酬：ダンジョンマップ

「ミリータちゃんは見込みがあると思う。任せるよ」

「あざーっす！」

ミッションクリア！　ダンジョンマップを手に入れた！
効果：あらゆるダンジョンの内部と自分や宝の位置がわかる。

最初に会った時から思ったけど、この子にはどこか光るものがあると感じていた。

ドワーフたちは私の即決《そっけつ》に驚《おどろ》いているけど、最初からわかっていたことだ。

いいもの貰っちゃった。

＊　＊　＊

「へい！　いらっしゃい！　鍛冶をご希望ならぜひうちに！」

うんうん。ドワーフたちの鍛冶屋が繁盛《はんじょう》して何よりだ。

これで詐欺やぼったくりに引っかかる人が大幅《おおはば》に減るはず。

それもこれもミリータちゃんがいい仕事をしたからだ。

幻の鉱石から防具を作り上げたなんて話が広まり、詐欺軍団との形勢は一気に逆転した。

しかもドワーフたちには、仏頂面《ぶっちょうづら》で店を構えるんじゃなくて積極的に呼び込みをしなさいと言ってある。

黙《だま》っていい仕事をしてるだけじゃ、詐欺とぼったくりのオンパレードな方々に乗っ取られるからね。

盛況《せいきょう》な中、冒険者のおじさんが私に声をかけてきた。

「マテリちゃんといったか！　その胸当てを打ったのは本当にドワーフなのか⁉」

「だから本当ですって」

「クソー！　あのボボリとかいうエセ鍛冶師め！　何が世界最強だ！」

「あまりそういうの当てにしないほうがいいですよ」

この世界には純粋《じゅんすい》な人が多いのか、割とあの手の看板に騙《だま》されていた。

当のボボリ＆サギルは大勢の人たちからのクレームでかなり参ってるみたい。

その他、えげつない商売をしていたエセ鍛冶師たちも次々と店を畳《たた》んでいる。

まぁなんだろう。いい仕事をしていれば報《むく》われる、と。

私は身に着けている胸当てを手でさすった。

ラダマイトのリトル胸当て
効果：防御《ぼうぎょ》＋３４０　全属性の耐性《たいせい》＋20％

「ねぇミリータちゃん。この胸当て、本当にサイズがぴったりだよ。胸辺りとかさ」

「それはよかっただ！　オラ、見た時から大したサイズじゃねぇってわかってたからな！」

これはアレだ。やっぱり私の見る目が正しかったという他はない。

私もミリータちゃんを見た時から、最高の腕を持つ鍛冶師ってわかったからね。

あのドワーフたちはみくびっていたけど、彼女《かのじょ》の鍛冶の腕はすでに町一番だ。

何せこのリトル胸当てを見て、あの人たちはドワーフの腕前に気づいたんだから。

リトルな胸万歳《ばんざい》！

「マテリさん、お願いがあるんだ……。オラも連れていってくれねえか？」

「え、いや。私の都合より、そっちは大丈夫《だいじょうぶ》なの？」

願ってもない申し出だけど顔には出さない。

話によれば鍛冶師はあらゆる武器や防具、アクセサリを鍛《きた》えることができる。

腕がいいほどより強い性能のものに仕上げられるから、高みを目指すならいい鍛冶師と縁《えん》を結べというのが冒険者の鉄則らしい。

「オラはどうせ店なんか出させてもらえねぇし、もうどうでもいいんだ。それよりマテリからは鉱石の香《かお》りがプンプンするだ」

「風呂《ふろ》は入ってるんだけどなぁ」

「もー！　そーんなボケはいらねぇだ！」

「いったぁっ！」

思いっきり背中を叩かれて結構痛い。

この小さい体のどこからそんな力が。

「まぁそっちがいいなら私は構わないけど……」

「よし、決まりだべ！　オラはマテリと運命を共にするだ！」

ドワーフとの縁もできたし、ミリータちゃんもついてきてくれることになった。

顔には出さないけどクリア報酬がより楽しみだ。

これからガンガンアイテムをゲットしてカンカン鍛えてもらおう。

その為《ため》にはもっと鉱石が必要になるかもしれない。

「なにニヤニヤしてるだ？」

「えっ」

顔に出ているそうです。
さて、道中でまたステータスアップの実を貰えるといいな。
ミリータちゃんにも食べてもらわないとね。

名前：マテリ
性別：女
LV：20
攻撃：240＋413
防御：253＋366
魔攻：192
魔防：188
速さ：263＋40
武器：火宿りの杖
防具：ラダマイトのリトル胸当て
すごい旅人服
ヒラリボン
プロテクトリング
ヒールリング
剛神の腕輪

スキル：『クリア報酬』
称号《しょうごう》：『捨てられた女子高生』
『スキル中毒』
『物欲の聖女』

名前：ミリータ
性別：女
LV：3
攻撃：43＋22
防御：22＋5
魔攻：1
魔防：2
速さ：17
武器：鉄の槌
防具：鉄の胸当て
スキル：『神の打ち手』
称号：『鍛冶師』

＊　＊　＊

「へい！　らっしゃい！　そこの兄さんたち、おっかねぇ顔してねぇで鍛冶でもしていきな！」

ブライアス隊は、ガンドルフの町に辿りついた。

ブライアスが以前、訪《おとず》れた時とは様変わりして驚く。

職人気質《かたぎ》のドワーフが、口を開かずに仕事に精を出しているような寡黙《かもく》な町だったのだ。

決して客引きなど行われていなかった。

「ずいぶんと変わったな。この町で何かあったのか？」

「ブライアス隊長、あの町の看板を見てください」

「なになに……『英雄から託された少女、現る！　ラダマイト鉱石を持つ者が立ち寄った町！』だと？　まさか……」

「職人の町で有名だった頃からは考えられないくらい軽いですよ」

ブライアスはレセップの町でも聖女の再臨、聖女の生まれ変わりが現れたという話があったのを思い出す。

そんな噂《うわさばなし》話を真面目な衛兵たちまで嬉々《きき》として話していたのも彼にとって衝撃《しょうげき》だった。

デクトロ一味というならず者を単独で捕まえた少女と聞いて、ブライアスはあの似顔絵を見せていた。

「ううむ、とにかく私は聞き込みを始めよう。副隊長はここでも何らかの痕跡《こんせき》があれば追跡《トレース》を頼む」

「ハッ！」

ブライアスは宿屋に聞き込みに行く。

以前のレセップの町ではマテリが宿屋を利用した記録はなかった。

シスターのエリアが嬉《うれ》しそうに少女について話していたのを、ブライアスは思い出す。

今回こそはと期待していたブライアスだが、宿屋の主人の返答は――

「いえ、こちらは利用されてませんね」

「そうか……。ではこの町の看板にある英雄から託された少女について、何か知っているか？」

「はぁ、私も詳しいことはわからないんですがね。なんでもドワーフのドグをとっちめたと評判ですよ」

「なに？　ドグとはあの『地壊《ちかい》のドグ』か？」

「はい、それにドワーフはびびっちまったんですかね。まぁこんな騒ぎになってるとか……」

地壊のドグは依頼されたら自らの手で鉱石をとりにいって鍛冶を成功させる猛者《もさ》だ。

レベル50超《ご》えのグランドドラゴンを単独で討伐した実績は、一級冒険者すら震《ふる》え上がらせるエピソードだった。

ドワーフの基礎ステータスや戦闘《せんとう》能力は人間のそれより高い。

そんなドグを異世界の少女マテリが倒したのかと、ブライアスはにわかには信じがたかった。

そしてブライアスはドグ本人と対面する。

「あぁ、あの子か。油断していたとはいえ、手も足も出なかった」

「特徴《とくちょう》を聞きたい」

「使っていた武器、ありゃ火宿りの杖だな。滅多《めった》に見ない代物《しろもの》ってのもあるが、驚くべきは威力《いりょく》だ。下級魔法のファイアーボールが痛ぇのなんの……」

「ということは高い魔攻を誇《ほこ》るわけか」

「それ以外のステータスもたぶん高かったんじゃないか？　他にもプロテクトリングにヒラリボン……どれも市場にはないものばかり身につけていた」

ブライアスはドグから事情を聞いても、やはり信じられなかった。

そこでブライアスは更《さら》に聞く。

「ドグ、レベルはいくつだ？」

「俺のレベルか？　52だな」

「その時、お前は大した装備品は身につけていなかったんだろう？」

「そりゃ仕事中だったからな。でもなんていうかな……それでも勝てる気しなかった。装備とかステータス以前に、あの子からは得体の知れない執念《しゅうねん》みたいなのを感じるっつうか……」

ヒラリボンやプロテクトリングの影響《えいきょう》が大きいとブライアスは分析《ぶんせき》する。

プロテクトリングは王族の結婚《けっこん》指輪として使用された歴史があり、ヒラリボンも最高級の献上品《けんじょうひん》とされている。

手にした者は長らく一族の繁栄《はんえい》を続けられるという言い伝えもあるので、非常に縁起《えんぎ》がいい。

とある貴族が全財産をつぎ込んで、それらを探して破産したなどという話もある。

そんな上流階級の者たちすら魅了《みりょう》するアイテムを持っているのが、異世界の少女。

そう踏《ふ》まえたブライアスは、クリア報酬について核心《かくしん》に迫《せま》りつつあった。

「ラダマイト鉱石を持っているという話だが、どうなのだ？」

「それはミリータのやつ……あぁ、まだガキんちょなんだがな。胸当てに加工していた。あいつの鍛冶はたまげたぜ……ありゃ俺より上かもな」

「どこで入手したかは聞いているか？」

「言えないって言ってたな。とにかくありゃ只者《ただもの》じゃねえぜ」

何らかの条件をクリアすれば、そのレベルのアイテムが手に入るのがクリア報酬。

ブライアスはそう結論づけた。

しかし、そう確信したところで彼は思わず身震《みぶる》いする。

副隊長や隊員も同じで、表情が引きつっていた。

「ブライアス隊長、スキルってのはそんなものまであるんですかね」

「我々の常識では考えられないが異世界からきた者であれば考えられるな」

「異世界からきた者は強力なスキルに目覚める。それも世界の根幹を揺《ゆ》るがすほどの……」

「すでにレセップ、そしてこの町を変えてしまったな」

ブライアスは国王にこの任務を与《あた》えられたことに感謝した。

異世界の少女がいずれにしても捨て置ける存在ではないとわかったからだ。

幻の鉱石すら入手できるスキルが悪《あ》しき者に知られるわけにはいかないと、ブライアスは足を速めた。

次の目的地はイグライト鉱山。

ミリータちゃんの鍛冶でのアイテム強化はやっぱり鉱石を使うらしく、そうなれば狙《ねら》わない手はない。

ガンドルフの町を出てから数日、その間にクリア報酬でかなりの数のステータスアップの実が手に入った。

＊　＊　＊

そして嬉しい誤算はミリータちゃんだ。

ドワーフは人間より基礎ステータスが高いから、レベルが上がっただけでもステータスがガンガンが上がっていく。

特に攻撃と防御の伸《の》びが凄《すさ》まじく、レベル3から10までの間に100近く上昇《じょうしょう》した。

半面、やっぱり魔攻と魔防はあまり伸びない。典型的戦士タイプだ。

今は一日を終えて、コテージで休んでいるところだった。

時間短縮のため、一緒《いっしょ》にお風呂に入っている。

「マテリさん、魔法のコテージなんて持ってたなんて驚きだぁ」

「やっぱりすごい代物？」

「すごいどころか実在するかどうかもわからねぇものだ。オラもこの目で見るまで作り話だと思ってたくれぇだからな」

「確かにこれがあれば野営で困ることなんかないもんね……」

冒険者は野営一つにも苦労しているというのに、私はこんなものでぬくぬくしているわけか。

聞いた話だと市場には使い捨てのコテージなら出回っているらしい。

ただし風呂やキッチンもなく、モノにもよるけど通気性や耐久性も低い。

しかもかなり値が張るということで、よほど稼《かせ》いでいる冒険者じゃないとまず買えないらしい。

RPGで言えば、いつでもどこでも何回でも回復できるアイテムを手にしたようなものだ。

クリア報酬、改めて恐るべし。

「マテリさんはここじゃねぇ異世界から来たらしいだな。異世界召喚《しょうかん》かー……そんなもんにこの国の王様が手を出すなんてなー」

「あー、なんか思い出したら腹立ってきた。いつか報復したいな」

「それはやめておくべ。王国を敵に回しちゃいけねぇ。特にあの閃光のブライアスはマジでやべぇだよ」

「閃光のブライアス？　そういえば、ガンドルフの町でもその名前を聞いたような？」

「王国兵団の総隊長ブライアスだべ。すべての攻撃を必中で当てられる閃光スキルの持ち主で、人でも魔物でもこいつに狙われて生きていた奴《やつ》はいねぇって話だ」

「うん、やっぱり報復とかよくないよね」

大切なのは過去よりも今だ。

そう思って、風呂から上がろうとした時だった。

新たなミッションが発生！
・ミリータの背中をながす。報酬：すごいパンツ

「ミリータちゃん。背中ながしてあげよっか」

「へ？　突然《とつぜん》どうしただ？」

「いいからいいから」

報酬が過去一よくわからないものだけど関係ない。

そこに報酬があるんだからしょうがない。

ミリータちゃんの背中をながしてあげると、小さいながらなかなかの体つきだった。

人間とは体の構造が違うのか、触《さわ》って初めてわかる体の硬《かた》さ。

筋肉量がすごいのかもしれない。

「あ、あの、くすぐったいだ……」

「あ、ごめん」

「次はオラが流すだ」

「え、それはミッションじゃ」

ミッションクリア！　すごいパンツを手に入れた！
効果：何度使用しても汚《よご》れない。

手に入れたパンツはそっと脱衣所《だついじょ》に放《ほう》り投げた。

洗濯《せんたく》が地味に面倒だったから助かる。

レセップ、ガンドルフの町でもらった報酬も大切にしないといけないから生活資金の節約につながるのは大きい。

「じゃあ、いくだ……トンテンカ――――ン！」

「ぎゃあぁぁ――――！　もっと優《やさ》しく！」

「何を言うだ！　鉄も熱いうちに打てば強くなるだ！」

「私は鉄じゃなぁいいいぃ――――！」

たまらず逃《に》げようとしたところでものすごい力で押《お》さえられた。

私のステータス、けっこう高かったはずなんだけど！

あ、そういえば攻撃の実をあげたんだっけ――

「仕上げだぁ――――！」

「あぎゃぎゃぎゃぎゃぎゃ！」

結局、押さえつけられて体の隅々《すみずみ》まで洗われてしまった。

懲《こ》り性《しょう》なのか、頼んでないことまでやってくれたみたい。

おかげで入浴なのにヒールリングを使う羽目になったとさ。

＊　＊　＊

イグライト鉱山。

昔は鉱山町として賑《にぎ》わっていて、国内でも有数の鉱山だったけど今は廃坑《はいこう》になっている。

しかも発掘《はっくつ》しまくったせいで中は天然の大迷宮《だいめいきゅう》で、二十歳で迷い込んだ冒険者が出てきた頃には中年になっていたなんてお話もあるとか。

嘘《うそ》か誠《まこと》か知らないけど、その利便性の悪さで廃坑になったとも言われている。

そして魔物が生息しているのはもうお約束。

「ここはやめたほうがいいと思うだ……」

「私にはこれがあるからね」

ダンジョンマップ。

おかげで中に入るとマップが光りだして、鉱山内の構造が描《えが》かれた。

網目状《あみめじょう》、あみだくじ、ジクザグ。無数の分岐《ぶんき》が広がる鉱山を見ただけで確かに辟易《へきえき》する。

これは地図なしじゃ遭難《そうなん》するよ。

でもまだ手付かずのお宝の反応もあって、私のモチベーションは爆上《ばくあ》がりだ。

「リスクを恐れる人間に栄光を手にする資格はない。私の世界にあった言葉だよ」

「まぁ当たり前だなぁ……」

かっこよく決めたのにそういうこと言う。

そしてそのイグライト鉱山に到着した。

イグライト鉱山に到達！　オリハルコンを手に入れた！

効果：貴重な鉱石。鍛冶屋に持っていこう。

「ミリータちゃん！　オリハルコンだって！」

「ふぉおおおぉぉ――――！　ラダマイトほど幻じゃねぇけど、世界七大ダンジョンでしか手に入らねぇやつだ！」

ミリータちゃんによれば、オリハルコンはかなり応用が利《き》く鉱石らしい。

武器や防具だけじゃなく、アクセサリに組み込むことであらゆる効果を得られる。

もうこれだけでも大収穫《だいしゅうかく》だけど本番はこれからだ。

「ダンジョンマップによると、この位置にお宝が……でもこっちも捨てがたい」

「効率よく進むだ。オラに任せな。ドワーフは地の民《たみ》、こんな鉱山で迷うことない」

ミリータちゃんのおかげで、順路が確定した。

ダンジョンマップがなかったらこれもできなかったどころか、一生出られない。

サクサクと進んで一つ目のお宝はミスリル鉱石。

そこまでレアじゃないけど、中堅《ちゅうけん》冒険者なら誰でも欲しがる優秀《ゆうしゅう》な鉱石だ。

魔法のポーチに放り込んで、私たちは段々とテンションが上がってきた。

「魔物とか出ないかなー」

「確かここには……あっ！」

やってきたのはずんぐりむっくりなゴーレムたち。

鉱山らしい雰囲気《ふんいき》が出てきた。

「ゴーレムきたぁ――――――！」

「ぶち殺すだ！　アレも鉱石に変えるだ！」

「ウ……」

あまりのテンションにゴーレムがちょっと引いてる？

気のせい、気のせい。


新たなミッションが発生！
・ミスリルゴーレムを1匹《ぴき》討伐する。報酬：攻撃の実×10
・アイアンゴーレムを1匹討伐する。報酬：防御の実×10
・スカルワーカーを10匹討伐する。報酬：魔法のつるはし
・マインクラウドを13匹討伐する。報酬：魔防の実×10

「報酬きききききたたたたぁ――――――！」

「おおお、落ち着いて冷静にぶち殺すだ！」

ゴーレムに続いて、作業服を着てヘルメットをかぶったゾンビがのっそりとたくさんやってきた。

ガス状の魔物もゆらゆらと漂《ただよ》っていて、あれは火宿りの杖でいけるかな？

「ふぅんぬりゃぁぁ――――――！」

ゴーレムはさすがにちょっと硬いけど、ミリータちゃんのハンマーで一撃で叩き潰《つぶ》された。

私はスカルワーカーとマインクラウドに向けて火の玉を連打。

どっちも動きがノロくてあっという間に討伐してしまった。


ミッションクリア！

攻撃の実×10を手に入れた！

防御の実×10を手に入れた！

魔防の実×10を手に入れた！

魔法のつるはしを手に入れた！

効果：発掘すると高確率で鉱石が手に入る。


「ミリータちゃん、魔防の実を食べて」

「じゃあ、遠慮なくいただくだ」

ミリータちゃんの低い魔防は私が手に入れた実で補うことにしている。

攻撃、防御の実なんかは私優先だ。

何せレベルアップでのステータスアップがしょぼいから、これはしょうがない。

ミリータちゃんはレベルアップだけでもガンガン上がっていくから、羨《うらや》ましいのなんのって。

「ん、こっちから人の声が聞こえねえか？」

「そう？　もしかしたら誰か遭難してるのかな？」

少し寄り道をしてみると、傷ついた冒険者らしき人たちがいた。

一人は立ち上がれないほどの怪我《けが》を負っていて、危ない状態に見える。

私たちの登場に驚いて一瞬《いっしゅん》だけ身構えた。

「……人間にドワーフ？　冒険者か？」

「怪我人がいるみたいだね。ちょっと待っててね。ヒールヒールヒールヒールヒール！」

私はヒールリングで全員の怪我を癒《い》やした。

一人は立ち上がれるまで回復してくれたから、こりゃすごいアイテムだ。

ヒール単体の回復量は少なくても連打できる。

この異常事態に冒険者たちはお礼も忘れて、ただ唖然《あぜん》としていた。

「そ、そんなにヒールを使って大丈夫か？」

「別名魔力タンクと呼ばれてるから心配ないよ」

「治癒師《ちゆし》にも魔道士にも見えないが……」

「いいからいいから。それより脱出《だっしゅつ》するでしょ？」

ミリータちゃんが手書きで地図を描いて冒険者に手渡《てわた》す。

しかも丁寧《ていねい》に左、右、真ん中と分岐の正解を順番で書いてくれていた。

さすが地の民が為《な》せる業《わざ》だ。私一人じゃこうはいかなかったな。

「ほれ！　これで出られるはずだ！」

「すまない。何者かわからないが、この礼は必ずさせてくれ。俺たちは近くのエイシェインの町にいる」

冒険者たちは何度もお礼を言って脱出を目指していった。

私たちは私たちでまだ探索《たんさく》を続けることにする。

まだまだこの鉱山には手つかずのお宝があるのはわかっているからね。

「魔法のつるはしも試しながら進もうか。どれ……」


ラダマイト鉱石を手に入れた！


「ま、ま、幻が……」

「おおお、魔法のつるはしで掘《ほ》るとあらゆる鉱石を発掘できるっつう伝説だ……本当だったたなぁ」

さすがに一発目からこれは運が良すぎるのでは？

こういうのは何回か試して検証しないといけない。

もう一回。


ラダマイト鉱石を手に入れた！


「あの、もしもし？」

幻の鉱石が量産されていく。

これをばらまいたら英雄に導かれし者も量産できるのでは？

＊　＊　＊

あれから鉱山内を探索すると、意外にも遭難者がそこそこいた。

発掘されてない鉱石がたくさん眠《ねむ》っている可能性があるから、冒険者たちの間だと人気のダンジョンらしい。

それだけに帰らぬ人となる場合があるから、実はそこら辺に遺留品や人骨がある。

さすがに遺留品に手をつけるような感性は持ち合わせていないからスルーした。

物欲の聖女にも理性はある。


新たなミッションが発生！
・ドテツコロトン２２８Tを討伐する。報酬：闘神の槌

「ドテ……？」

「どうかしただか？」

「ドテツコ……みたいな魔物の討伐ミッションがきた」

「ドテツコロトンか？　そりゃ警備用の魔道機だ。人がいなくなっても動き続けて暴走してるだ」

整備の手も入らないから、故障して手がつけられないで放置されることがあるらしい。

厄介《やっかい》なのが割と強いという事実。

型や作られた時期にもよるけど大体強いとのこと。

装甲《そうこう》は多少の劣化《れっか》があるけど、モノによっては魔法耐性がある。

「解体してパーツを売り飛ばせば金になるだ！」

「じゃあ、いっちょ稼ぎますか！」

少し開けた場所にそれはいた。

金属の車輪がいくつもついてて、正方形の形をした自走砲台《ほうだい》みたいなものがせわしなく動いている。

カタカタと揺れながら侵入者を撃ち抜きたくてしょうがないように見えた。

私が先制でファイアボールを連発して、ミリータちゃんが一気に距離《きょり》を詰める。

「てぇえっりゃあぁぁぁ！」

ミリータちゃんのハンマーがガツンと当たり、私も続けて接近。

剛神の腕輪を装備した杖による殴打《おうだ》は、一撃でドテなんとかの形を変えた。

プスプスと故障した様子を見せたから安心したけど次の瞬間、砲身から何かが射出された。

「いったぁ！　こいつ、やったなぁ――――！」

プロテクトリングと高い防御のステータスのおかげでそこまでのダメージはない。

ヒラリボンがあっても完全に回避するわけじゃないから、ここが少し怖《こわ》いところかな。

ドテなんとかは回転しながらでたらめに光線を放ち、たまに火炎《かえん》放射を織り交ぜてくる。

頭にきた私は今度こそ杖でドテなんとかに強烈《きょうれつ》な一撃を与えた。

バチンと音がして次の瞬間――

「これ離れたほうがいいやつ！」

ノックバックして離れたと同時にドテなんとかが盛大《せいだい》に爆発した。

散らばったパーツと拉《ひしゃ》げて動かなくなった本体を見て、ようやく落ち着く。

ミッションクリア！　闘神の槌を手に入れた！
効果：攻撃＋４００
レベル１につき攻撃に＋40される。
ドワーフが装備した場合、速さに＋50される。

「闘神の腕輪と同じ効果がぁっ！」

「こ、こ、これ、オラが使っていいか！」

「いいよ、ぜひ使うべ！」

なんかまたテンションがおかしなことになってる。

そうか、特定の種族用の装備品があるのか。

これでミリータちゃんの攻撃はいずれ私を超えるはずだ。

「えーへへ！　オラ、これ気に入っただ！　すげぇ手に馴染《なじ》むだ！」

「私のスキルで喜んでもらえてよかったよ。より物欲が高まる」

ミリータちゃんが槌を振り回して大喜びだ。

私もそろそろ火宿りの杖以外の武器を新調するべきか。

今のドテなんとかは意外と硬かったし、たぶん魔法耐性もあった。

「お、お前ら……それを討伐したのか？」

「はい？　あ、冒険者の方々？　討伐したよ」

ふと気づくと、新手の冒険者ご一行がいた。

かなりボロボロの様子で、炎《ほのお》で焼かれた跡《あと》を見るにたぶんドテなんとかと一度戦ったのかな？

「ウ、ウソをつくなよ。物理も魔法も効かないのに討伐なんかできるわけない」

「そうよ！　現に私たちもまったく敵《かな》わなくて命からがら逃げたのよ！」

「一級冒険者パーティ『紅《くれない》の刃《やいば》』といえば聞いたことがあるだろう？」

そう言われましてもここに討伐した事実があるわけで。

たぶん高すぎる防御と魔防、もしくは魔法耐性のせいで効いてないんだと思う。

一級冒険者たちすら退かせるほどの相手を私たちは討伐したわけか。

自覚がないまま、気がつけば私たちはとんでもなく強くなっていたのかもしれない。

「オラたちが討伐したたに決まってるだ！　言いがかりはやめるだよ！」

「うんうん、ミリータちゃんの言う通りだよ」

「よし、じゃあアレをするしかないな」

なに、もしかして襲《おそ》ってくる流れ？

ミッションが出てない戦いとか無駄《むだ》でしかないからやめてほしい。

リーダーの一人が少女に何かを促《うなが》している。

そして片手をこちらに広げて——

「分析《サーチ》！」

魔法かな？

私たちの何を知ろうというのかな？

「あ……あぁっ……こ、この、ステータス……」

「は、はぁ……？　なんだこれ！　攻撃が１０００超え⁉」

「くっ！　こいつら、本当に何者だ！」

なんか勝手に覗《のぞ》かれてる気がする。

そういう魔法なんだろうけど、あまり気分はよくない。

例えるなら家の冷蔵庫を勝手に開けられてあれこれ言われた感覚に近い。

「あー、さすが一級だなぁ。分析《サーチ》を使えるとはお利口だ」

「ミリータちゃん、その魔法って全員に情報が共有されるの？」

「上位の魔道士なら可能だべ。事前に相手の薄《うす》い耐性なんかも知ることができるから、とんでもねえ魔法だよ」

「いいなぁ。そういうの使えるアイテムがないかな？　もちろん無制限でさ」

呑気《のんき》に会話している私たちがより恐ろしく感じられたのか、紅の刃の皆《みな》さんは警戒《けいかい》態勢だ。

誰も襲いませんから。

「あの、皆さん。どいてもらえる？」

「どこへ行く気だ！」

「いや、まだ探索するからさ。あ、外に出たいならミリータちゃんに脱出の手順と地図を描いてもらえるよ」

「そんなことが可能なのか！　やはり只者じゃない！」

なんかいつまでも警戒しているから放置して先へ進もう。

ミリータちゃんがドテなんとかのパーツの回収をすると、その一挙一動を一級の人たちが目で追っていた。

もういいから帰りなさい。

＊　＊　＊

「トンテンカンの時間がきただ！」

「いえぇ――――い！」

たっぷりと手に入った鉱石を使って、鍛冶での製造や強化を行う。

コテージの外で、ミリータちゃんが鍛冶の準備を終えると強化装備品を並べた。

強化候補はラダマイトのリトル胸当て、プロテクトリング、剛神の腕輪。

そしてミリータちゃんの闘神の槌。

装備品の強化は同じ鉱石が必要だから、例えばラダマイトのリトル胸当てはラダマイト鉱石が必要になる。

つまりこの世に一つしかないとされているラダマイト製の装備品なら、普通は強化できない。

「ラダマイト鉱石52個もあればすごい強化できるね」

「オラの防具も作るから、全部を強化に回すのはダメだ」

「わかってるわかってる。まずは胸当てのトンテンカンをお願い」

「ほい、そんじゃあ……トーンテーンカーン！」

ミリータちゃんが槌で胸当てを叩いて強化を始めた。

携帯溶鉱炉《けいたいようこうろ》で鉱石と防具を溶《と》かして打ち直す。

鍛冶のことはよくわからないけど、ミリータちゃんのスキルは神の打ち手だ。

スキルの効果は本人もわかっていない。

何せスキルの有無《うむ》を知るだけならお金を払えば誰でもできるけど、効果の検証は自力でやる必要がある。

簡単に効果がわかるならクリア報酬にぶちキレて追放しない。

「ほい！　完成だべ！」

ラダマイトのリトル胸当て＋1を手に入れた！
効果：防御＋３４０↓４５０　全属性の耐性＋20％↓30％
　魔防＋35ｎｅｗ！

「すっごいねぇ！」

「な？　オラの腕は確かだべ！」

「だべ！」

続いてプロテクトリング、剛神の腕輪、闘神の槌だ。

それぞれ素材はミスリルとオリハルコンの二つ。

もちろん用意していた鉱石とセットでミリータちゃんは手早く打ち直した。

「トンテンッ！　カーン！　ほいっ！」

プロテクトリング＋1を手に入れた！
効果：防御＋50ｎｅｗ！　常にガードフォース状態になる。
剛神の腕輪＋1を手に入れた！
効果：レベルに応じて攻撃に補正がかかる。
　1レベルにつき20上がる。↓30
闘神の槌＋1を手に入れた！
　効果：攻撃＋400
　　レベル1につき攻撃に＋40される。↓50
　ドワーフが装備した場合、速さ＋50。↓80

「ふー……けっこー疲《つか》れるだ」

「ごめんね。無理しないで続きはまた今度にしよう」

「いんや、バリバリ製造までがんばるだ……。オラはまだまだ腕を磨《みが》かねぇと……」

無理をさせたくはないけど、本人の熱意がすごい。

汗だくでハンマーを振るう姿はまさに職人。

ラダマイト鉱石を使って今度は防具を作ろうとしている。

「トン……テーン……カーン！」

完成したと思ったら今度はすかさず強化だ。

さすがに疲労《ひろう》が見えたし、これが終わったらやめさせよう。

ラダマイトのドワーフ胸当て＋1を手に入れた！
効果：防御＋440↓560　魔防＋50　全属性の耐性＋30％↓40％

「へへ……どんなもんだぁ……」

出来上がった鎧を自慢《じまん》げに見せてくれた後、ミスリルとオリハルコンを並べる。

これらを加工した後で更に鉱山内で採れた魔石を組み込んだ。

魔石は色に応じた魔力が込められているらしいから、魔法関係のアイテムかな？

「お、そうだ。火宿りの杖も強化できるかもしれねぇだ」

「じゃあ、お願いするよ」

「はぁぁ……トンテンカントンテンカントンテントンテントンテンカーン！」

「凄まじい勢い……」


焔宿《ほむらやど》りの杖を手に入れた！

効果：攻撃＋35　火属性魔法『ブレイズショット』を使える。
光の髪飾《かみかざ》り×2を手に入れた！
効果：防御＋42　魔防＋55　精神耐性＋50％

「うわぁー……またすごいのができたね」

「光の髪飾りはオリハルコンを素体として魔石だけじゃなく、ミスリルも鏤《ちりば》めてあるだ。申し訳程度だけど見た目が華《はな》やかになるな」

ミリータちゃんはさすがに腰を落として休憩《きゅうけい》した。

うん、よくやったよ。

一日に伝説の鉱石での鍛冶を何度も成功させたなんて、ミリータちゃんくらいだ。

今日はお風呂にでも入って、温かい食事でも食べて寝《ね》よう。

「ま、まだ、あと一つ……」

「え、もういいよ！　無理しないで！」

「これだけは作っておきてぇんだ……」

フラフラで汗だくになりながらも、ミリータちゃんはまた立ち上がって打ち始めた。

「で、できた……。これ、プレゼントするだ……」

「これ、髪をとかすクシ？」

「おめぇ、せっかくツラいいんだからせめてこれで髪くらいとかせ……。へへ……」

「えぇ……？」

妙な気づかいだけど、プレゼントは悪くない。
いつもはミッション報酬ばかり喜んでいたからなんだか新鮮《しんせん》な気分だ。
ミリータちゃんが休んだ後、こっそり使ってみよう。

オリハルコンのクシを手に入れた！
効果：オリハルコンでできたクシ。

「わざわざオリハルコンじゃなくても……」
少し手に余るけど、これは世界でただ一つだ。

名前：マテリ
性別：女
LV：26
攻撃：294＋815
防御：303＋558
魔攻：277
魔防：245＋90
速さ：360＋40
武器：焔宿りの杖（攻撃＋35）

防具：ラダマイトのリトル胸当て＋1（防御＋450　魔防＋35）
　ヒラリボン（防御＋15　速さ＋40）
　すごい旅人服（防御＋1）
　プロテクトリング＋1（防御＋50）
　剛神の腕輪＋1（攻撃＋780　1レベル×30）
　光の髪飾り（防御＋42　魔防＋55　精神耐性＋50％）
スキル：『クリア報酬』
称号：『捨てられた女子高生』
　『スキル中毒』
　『物欲の聖女』

名前：ミリータ
性別：女
LV：17
攻撃：2140＋1250
防御：165＋602
魔攻：1
魔防：54＋105
速さ：60＋80

武器：闘神の槌＋１（攻撃＋１２５０（４００＋１レベル×50）速さ＋80）
防具：ラダマイトのドワーフ胸当て＋１（防御＋５６０　魔防＋50）
光の髪飾り（防御＋42　魔防＋55　精神耐性＋50％）
スキル：『神の打ち手』
称号：『鍛冶師』
『アイテム中毒』

＊　＊　＊

一方、国王はブライアスの動向が気になっていた。
異世界の少女が魔の森で魔物の餌食《えじき》となっていたかどうか。
国王はその結果が知りたくて仕方がない。
更に彼は胸騒《むなさわ》ぎを感じていた。
異世界の少女が生きていたら、どう動くか。
そればかり考えていた。
「……クソッ、この私がなにを心配しているか」
国王は王女である娘のスキルの弱さが心配で、王位を譲《ゆず》りたくなかった。
隣国《りんごく》のエクセイシアが何を企《たくら》んでるか、そんな不安も国王の胸中に渦巻《うずま》く。
隣国とは良好な関係ではあるが、国王としては相手国の腹の内が気になっていた。

今、この瞬間にも自国を攻め滅《ほろ》ぼす算段を立てているかもしれないと本気で思っている。

「陛下、ご報告します！　また民衆がスキル差別反対運動を行っています！」

国王はため息以外、何も出なかった。

一介《いっかい》の兵卒風情《ふぜい》が何を叫んで走っていると、半ば八つ当たりのような感情さえある。

「鎮圧《ちんあつ》しろ」

「し、しかし民衆の不満は日を追うごとに増しております。やはりクソスキル税に不満があるようです」

「クソスキルのゴミどもなど鎮圧しろと言っている」

「魔王討伐制度への声もあります。優秀なスキルを持つ者を魔王討伐へ向かわせる制度でありますが、その際に渡されるお金が少なすぎるとの声も……」

「ブロンズソードを支給しているではないか！　まったく、ああ言えばこう言う！」

国王としては魔王の存在も無視できない。

自国は素晴《すば》らしく、住めるだけでも国王である自分に恩を返すべきだと思っていた。

だからこそ現状打破のために国王は異世界召喚というリスクまで覚悟《かくご》した。

「もうよい。下がれ」

「しかし、民衆は……」

「鎮圧しろと言ったのがわからないのか」

「は、ハッ！」

すごすごと下がっていく兵士を尻目《しりめ》に、国王は改めて打開策を考えた。

スキルがすべてということを念頭に置いて、国王は一つの策を思いつく。

「大臣！　大臣はおらんか！　おい！　大臣を呼べ！」

「ハッ！　ただちに！」

召使《めしつか》いに大臣を呼ばせて、国王は覚悟を決めた。

やってきた大臣に国王は一つの命令を下す。

「大臣。今一度、異世界召喚を行う」

「はい……？　いえ、それはいかがなものかと……」

「そなたの危惧《きぐ》は理解しておる。しかし要は当たりを引けばよいのだ。先日のあれは運悪く外れだったが、次こそはうまくいくだろう」

「いえ、危険ですぞ……。陛下、異世界召喚のリスクをお考え直しください。異世界から召喚された怪物《かいぶつ》に滅ぼされた国があるほどです」

「そんなものはただの言い伝えだ。それにいざとなればブライアスを呼び戻《もど》す。奴ならば何がこようとも心配あるまい」

国王は異世界の少女マテリについて思いを馳《は》せた。

彼の目論見《もくろみ》、それはまず異世界から召喚した者に何も説明せずにスキルを鑑定《かんてい》する。

まずは甘い言葉を投げかけて油断させるのだ。

戦意をなくしてから、後は適当な口車に乗せてこき使う。

異世界の少女の時のように追い出さず、その反省を踏まえた上での国王の策だ。

「大臣、すぐに手配しろ」

「しかし、こんなことが民衆や他国に知れてしまえばどうなるか……。異世界召喚を禁じている国も少なくありません」

「そなたは何もわかっていないな。他国が一切《いっさい》やっていないと言い切れるか？」

「いえ、確かにそれは……」

「あの国のあれやそれも、実は異世界から召喚された者かもしれん。表では非難するが裏で何をやっているか、わかったものではないぞ」

国王は大臣を心の中であざ笑った。

大臣のような凡人《ぼんじん》は、正々堂々という甘言《かんげん》を妄信《もうしん》して戦うことを美徳とする。

凡人は勝てないからそんなものにすがるしかない。

勝つためにあらゆる手段を踏まえて最善の手を打つ。

それこそが上に立つ者だと、国王は自身の策に対して何の迷いもない。

外で暴れている民衆についても同様だった。

彼らは何も考えずに惰性《だせい》で生きており、現状への不満を吐《は》き出して暴れる。

そんな民衆を国王は心の底から軽蔑《けいべつ》した。

「……陛下。もう一度、確認《かくにん》させていただきます。本当によろしいのですね？」

「くどい。やらねば相応の処分を下すぞ」

「かしこまりました。手配します」

国王は大きく鼻を鳴らして、ようやく機嫌《きげん》を直す。

覇者《はしゃ》となった自分を思い浮《う》かべて、国王は他国に対してニヤリと笑った。

第四章　追手が来た

エイシェインの町に到達《とうたつ》！　バーストバックラーを手に入れた！
効果：防御《ぼうぎょ》＋130　魔防《まぼう》＋100
　ダメージを受けた時、炎《ほのお》属性魔法『バースト』が発動する。

「オートカウンター装備きたぁ――――――！」

「反撃《はんげき》するんだな！　オラがガンガン突《つ》っ込《こ》んで爆破《ばくは》しまくるべ！」

いつもみたいに町の入り口で大騒《おおさわ》ぎしているとやっぱり変な目で見られる。

衛兵らしき人が近づいてきて、すごい凝視《ぎょうし》された。

「な、なんですか？　うるさかった？」

「似てるなぁ」

「は？」

「……いや、気のせいかもしれん。通っていいぞ」

意味深なセリフを言いかけてやめやがった。

それより私は忘れていない。

鉱山の中で助けた冒険者《ぼうけんしゃ》の礼は必ずさせてくれという言葉を。

待ち合わせ場所とかまったく知らないけど、たぶん冒険者ギルドだと思う。

あっちも私たちを冒険者だと思ってそうだからね。

というわけで――

「ここが冒険者ギルド……。なんだかピリピリしてるね」

「これがまさに冒険者だ。張り詰《つ》めた空気に汗《あせ》の臭《にお》い……たまらねぇだ」

「ミリータちゃんって変態なの？」

「は⁉　失礼なこと抜《ぬ》かすな！」

いや、変態じゃなかったら汗の臭いを堪能《たんのう》しないよ。

でも確かに一緒《いっしょ》にお風呂《ふろ》に入る時に、やたらと顔を近づけてきた気がしないでもない。

あれってまさか私の匂《にお》いをかいでいた？

「なんだ、あいつら？」

「見ない顔だな。女二人かよ」

「ちょっとからかってやるか」

うわぁ、なんか定番のイベントが発生しそう。

柄《がら》も育ちも悪そうな冒険者のおじさんがこっちに来る。

面倒《めんどう》ごとを覚悟《かくご》した時、一人の冒険者がおじさんの肩《かた》を掴《つか》んだ。

「おい、俺《おれ》たちの大切な客に何をしようってんだ？」

「あ？　あっ！　いや、すまねぇ！　知らなかったんだ！」

「わかればいい」

その冒険者を見るなり、おじさんはすごすごといなくなる。

他の冒険者たちも途端《とたん》に静かになり、どこか恐《おそ》れているようだ。

「君たち、あの時はありがとう。自己紹介《しょうかい》が遅《おく》れたが俺たちは一級冒険者パーティ『蒼天《そうてん》の翼《つばさ》』だ」

「私がイグライト鉱山でヒール連打した人だ……ど、どうも」

「見ての通り、ここにはいろんな奴《やつ》がいるけど俺たちがいる限りは乱暴なことはさせない……というか、命拾いしたのはあっちかな？　ハハ……」

「そっちこそ一級だったんだ」

それだけあそこの鉱山は難所ということか。

この人たちはあのドテなんとかという魔道機に挑《いど》んで命からがら逃《に》げてきたそうだ。

その際にリーダーが仲間を庇《かば》って怪我《けが》をして動けなくなったところで私たちがやってきた。

私たちがドテなんとかを討伐《とうばつ》した後に会った紅《くれない》の刃《やいば》とはあまり仲がよくなくて、あの日も競争と称《しょう》してダンジョンに潜《もぐ》ってきたそうだ。

「そうか、やっぱりあのドテツコロトン228Tを討伐したのか……」

「よくその名前をすらっと言えるね。私なんか頭二文字までしか覚えてないよ」

「あいつはもう何組もの冒険者パーティを葬《ほうむ》っている。今じゃ賞金額も跳《は》ね上がって桁違《けたちが》いだ」

「しょーきんがく？」

私の物欲　魂《だましい》がぴくりと反応した。

次の瞬間《しゅんかん》、ミリータちゃんがドテなんとかの残骸《ざんがい》をギルドの受付に持っていく。

「三百万ゲットだべ！」

「さんびゃくまん！」

「よく話の途中でそれできるよな……」

リーダーが呆《あき》れているけどこれが私たちだ。

見事な連携《れんけい》に唸《うな》る他はないでしょう。

驚《おどろ》いてるのは他の冒険者たちもだ。

「あのドテツコロトン228Tを⁉」

「あいつ攻撃《こうげき》なんか一切《いっさい》効かないだろ！　おまけにめちゃくちゃに撃《う》ってきて近づけやしねぇ！」

「防御が200近い仲間が一撃でやられたのは今でも忘れないよ……」

「攻撃200超《ご》えでもダメだし、魔法もまったく効かん。なのにどうやってあのドテッコツコロトック6Vを……」

よくわからないけどたぶん一人言えてない。

こういうことがあるから、開発者の方々はややこしい名前にするのはやめましょう。

「礼になるかわからないが、君たちに俺たちの分け前の半分をやるよ」

「えっ、ぜ、全部？」

「いや、半分だと言っただろう……。自分たちの未熟さを痛感して一からやり直すつもりだ。世の中にはまだまだ上がいるとよくわかった」

「はぁ……それじゃ遠慮《えんりょ》なくいただくよ」

本当に遠慮なく貰《もら》った私に「マジで遠慮ねぇな」とか誰《だれ》かが呟《つぶや》いた。

ここで謙遜《けんそん》して受け取らないのは逆に失礼だからね。

事前にちょっと驚いたからセーフセーフ。

ほっこりしていると冒険者ギルドのドアが勢いよく開け放たれた。

「やっと見つけたぞ……！」

「は？　え？　だ、誰？」

武装した人たちが私を見るなり、ゾロゾロと入ってくる。

この格好、忘れもしない。王国の兵士だ。

明らかに私に用があるようで、さすがにギルド内もざわつく。

「君がマテリで間違《まちが》いないか？」

「違いますね」

「間違いない。私は王国軍の総隊長ブライアス、君を連行する」

「ええ……？」

私たちはすっかり兵士たちに囲まれている。

ちょっとイケメンのブライアスは私に優《やさ》しく外に出るよう促《うなが》した。

なに、どういうこと？

「ねぇ、もしかして王様が私を連れ戻《もど》しにきた？」

「君の質問に答える義務はない。その装備品はどこで手に入れた？」

「忘れた」

「スキルだろう？」

ブライアスの瞳《ひとみ》が光った気がした。

どう考えても穏《おだ》やかに済みそうもない。

しかもブライアスってミリータちゃんの話によれば、かなり強いんだっけ。

逆らうのは得策じゃないか。

やっぱりあの王様の命令？

心変わりして私をこき使う路線に変更《へんこう》したと考えるのが妥当《だとう》かな。

はぁー、もうどうしよう。

でも仕方ない。ここはおとなしく――


新たなミッションが発生！
・ブライアス隊を全滅《ぜんめつ》させる。　報酬《ほうしゅう》：全上昇《ぜんじょうしょう》の実×2
・ブライアスを討伐する。　報酬：ユグドラシルの枝

「とぅりゃあぁ――――――――！」

「ぐぅあッ！」

不意を突いた私の一撃がブライアスにクリーンヒットする。

ミリータちゃんも察したようで、すかさず王国兵士たち相手にハンマーを振《ふ》るって一掃《いっそう》した。

ブライアスも倒《たお》れたし、これですべて片付いたはず。で、報酬は？

ミッション達成！　ユグドラシルの枝を手に入れた！
効果：世界で一本しかない世界樹の枝。鍛冶《かじ》の素材。

ユ、グ、ド、ラ、シ、ル！
このワードでときめかないファンタジー好きはいない！

これ鍛冶の素材だとしたらすごいのができるのは確定だし、やばい早く鍛冶鍛冶鍛冶鍛冶！

「うぅッ…ご、ごふッ……」

あれ、ブライアスがくの字になって倒れ込んだ。

血を吐《は》いて、洒落《しゃれ》にならない重傷を負っている。

ミッション成功みたいだし私、勝っちゃった？

いや、でもこの人たちはいわゆる国家権力だ。

理由はどうあれ、逆らっちゃいけないでしょ。ダメ。

「ミ、ミリータちゃん。冷静に考えたらかなりまず……」

ミッション達成！　全上昇の実×2を手に入れた！
効果：全ステータスが＋１００される。

「なんだって？」

「いや、なんでもない」

遅《おそ》かった。

すでにミリータちゃんの足元には兵士たちが倒れてうずくまっている。

あんた、国相手はまずいって。

これで私たち、お尋《たず》ね者とかになるわけでしょ。

しかも冒険者ギルドの前なものだから、人だかりが出来てしまっているわけで。

「ブライアスが一撃……？」

「何かのイベントか？」

「いや、明らかに血を吐いてるぞ……」

うわぁぁぁあまりの現実感のなさに皆《みな》、今はわかってないけど時間の問題だ！

どうする、どうする！　このまま逃げる？

クリア報酬でテンション上がったけど、追われる身になるのは勘弁《かんべん》だ。

何せ追手を討伐してもミッションが発生するとは限らない。

そうなるとひたすら無駄《むだ》な戦いを続けなきゃいけなくなる。

それはそれとして報酬おいちい。

「まずは全上昇の実を食べて落ち着こう。ミリータちゃんも食べていいよ。ぱくり」

「ぱくりっ！　んー、味はしねぇだな」

「そりゃね」

ポリポリと食べたら少しは落ち着いてきた。

そんな私たちを見て、野次馬《やじうま》が次第《しだい》に騒がしくなる。

「この状況《じょうきょう》で何を食ってるんだ……」

「え、衛兵に通報してくる！」

「バカ！　ブライアスがあの様《ざま》だぞ！」

ようやく状況を正しく認識《にんしき》し始めた。

いよいよ逃走《とうそう》が視野に入ってきた時、呻《うめ》きながらブライアスが剣《けん》を杖《つえ》代わりにしてようやく立ち上がる。

それでもまたよろめきながらも、私を睨《にら》みつけた。

「と、とてつもない、力だ……ハァ……ぐっ」

「あの、まずごめんなさい」

「これは仕方ない……」

「え？」

まずい。何かしてくる？

いや、もう立っているのがやっとのはずだ。

我ながら王国最強の人を一撃でここまで追いつめるとは。

考えてみたら私、攻撃が１０００を超えているんだ。

このくらいの攻撃があれば王国最強も戦闘《せんとう》不能にさせることだって出来るわけか。

だとすればミリータちゃんにやられた兵士たちの安否が心配になる。

「私の負けだ……」

「は、はい」

「君の目的は、わ、からないが……好きに、しろ……私では、止められん……からな……」

「はぁ……」

なんだか潔《いさぎよ》いなぁ。

私が言うのもアレだけど、仮にも国家権力ならこんなに簡単に諦《あきら》めちゃダメだと思う。

でも命ある限り戦うとか言い出すよりマシか。

膝《ひざ》をついて諦めムードだし、これは一つ試《ため》してみよう。

「ブライアスさん。なんとなく話が通じそうだからもう一度だけ謝《あやま》るね。ごめんなさい。それで勝者の特権として聞くけど、あの王様の命令で私を捕《つか》まえにきたの？」

「そうだ……。陛下は……君を、連れ戻し、て……支配下に置こうと……考えている、はずだ……君の……ス、スキルは……やはり有用、だと……考えたのかも、しれん……」

「うわぁもう最低」

自分で追放して殺しかけて、やっぱり手元に置いておこうってね。

この話を皮切りに野次馬たちが明らかにドン引きし始めた。

「一人の女の子のために、それもスキル目当てで兵隊を動かしたのかよ……」

「クソスキル税なんてものを導入するくらいだ。あれのせいで国境付近が難民で溢《あふ》れてるらしいぜ……」

「俺もクソスキル税免除《めんじょ》を受けられなくてさすがに限界だよ」

「遠い親戚《しんせき》の子がブロンズソードと100ゴールドを持たされて、魔王討伐に行かされたよ。かわいそうに……」

クソスキルの人から更《さら》に巻き上げてどうする。

こういうのは普通《ふつう》、稼《かせ》いでる人ほど取られるものでしょ。

しかもこの世界、さらっと魔王とかいるみたいだし思ったより物騒《ぶっそう》だ。

１００ゴールドで倒せるなら苦労しないだろうし、私にとって重要なのはミッションだ。

この先、魔王討伐のミッションが起こるかどうか。

それがわからないから、自分の足で色々な場所を旅するしかない。

なんか漲《みなぎ》ってきた！

「マテリといったか……。君のクリア報酬はとんでもないスキルだ……ごふっ！」

「あ、ヒールヒールヒールヒールヒールヒールヒール以下略！」

「き、傷が……」

倒れている兵士たちにもがんばってヒールしてあげた。

ぜぇぜぇと息を切らしてようやく終えると、ブライアスは改めて戦意がないと私に告げる。

兵士たちは納得《なっとく》してなかったけど、ミリータちゃんが槌《つち》をぶんぶん振り回したら理解してくれた。

「ま、まさかヒールリングか？　そんなものまで……なるほど。クリア報酬か……確かにこれは恐ろしい……」

「あの、ブライアスさん。とにかく私の邪魔《じゃま》をしないでもらえるってことでいいのかな？」

「あぁ、私は任務失敗を陛下に報告する」

「それじゃ……」

そんなことしたら、この人が無事でいられるわけない。

スキル狂《きょう》の王様に何をされるか。

悪い人じゃなさそうだからちょっと気の毒だ。

んんー、そうだなぁ。到達報酬も欲《ほ》しいことだし、ここは――


新たなミッションが発生！
・デス・アプローチを討伐する。報酬：聖命のブローチ

なんかきたぁっ！　まずミッションだよね！

さーて、どこにいるのかなぁ？

＊　＊　＊

「ブライアスの姿を確認、いよいよ大詰《おおづ》めですよぉ。ヒェッヒェッヒェッ……」

デス・アプローチはニヤニヤ笑いが止められなかった。

閃光《せんこう》のブライアスを始末する機会を与《あた》えられたことに感謝している。なぜなら、ブライアスのように恵まれた人間を憎んでいるからだ。

彼《かれ》はギャンブルで多額の借金を背負って妻や子どもにも逃げられていた。

これまで誰のおかげで食えていたのだと、今でも怒《いか》りに駆《か》られる。

夫が落ち目な時こそ支えてやるのが妻の役目だなどと、デス・アプローチは無限に批判を思いつく。

離婚《りこん》してからの彼は借金取りに追われる日々をおくっていた。

スキルはデス・アプローチとかいう本人すらよくわからないもので、何の役にも立たないと考えていた。

そのせいでクソスキル税が重くなるが、当然のように踏《ふ》み倒していた。

「あの日……あれが人生の転機でしたねぇ」

いつものように彼が借金取りから逃げていると、ごろつきとぶつかった。

腕《うで》っぷしのない彼は何も抵抗《ていこう》できず、胸倉《むなぐら》を掴まれて殴《なぐ》る蹴《け》るの暴行を受ける。

殺されると彼が思った時、一人の人物が通りかかった。

その人物はごろつきを無視して彼に囁《ささや》く。

殺意を持ちなさい。それがあなたのスキルを開花させる、と。

デス・アプローチにとって、不思議と心地《ここち》のいい言葉だった。

気がつくと彼はごろつきに殴りかかり、信じられないことが起こる。

彼に殴られたごろつきは当然、怒りを露《あらわ》にして反撃をしてきた。

しかしごろつきは石につまずき、バランスを崩《くず》して転んでしまう。

更にその際にごろつきは頭を強く打って死んでしまった。

唖然《あぜん》とする彼に、見ていた謎《なぞ》の人物がまた喋《しゃべ》りかける。

「『これがあなたのスキルです。あなたが殺意を持って相手にアプローチすれば、必ず死へ導かれる。

ただし相手の個人差にもよるので過信なさらぬように……』と。ヒェッヒェッ……」

この時、彼は生まれて初めて他人に礼を言った。

それからというもの、彼はこのスキルを活《い》かしてあらゆる仕事をこなした。

スキル『デス・アプローチ』は生物を早く死へ導ける。

健康状態が悪かったりなど、何らかの死へのきっかけを持つ者ほど効果絶大だ。

危険な仕事をしている冒険者でもいい。

デス・アプローチに絡《から》んだごろつきは手が早く、よく怪我をして死に近い人生をおくっていたせいで効果があった。

酒癖《さけぐせ》も悪く、健康状態の悪化も決め手となっている。

それから国王が主催《しゅさい》する大規模スキル鑑定《かんてい》の儀《ぎ》に彼は赴《おもむ》いた。

国王は彼を気に入ってすぐに王宮へ招く。

国王に気に入られてからは、彼は一回仕事をするだけで平民の年収以上の報酬をもらえた。

彼は最近になって、より人生を甘《あま》く見ている。

人生はイージー、しょせんこの世はスキル。

デス・アプローチは確信を持って言い切る。

デス・アプローチは無敵、と。

「あれはブライアス！」

デス・アプローチがブライアスを見つけた時にはすでに倒れていた。

そこに立つのは彼が似顔絵で見た異世界の少女、それにドワーフの子ども。

あのブライアスを無傷で地に這《は》いつくばらせるほどの実力者だと、デス・アプローチはマテリを賞賛した。

ますます興奮が収まらない。

あと少しの仕事で自分は十年は遊んで暮らせる額をもらえる。

彼が感謝している相手は神でもなければ、国王でもない。

ブライアスを倒した少女でもない。

自分に道を示してくれた謎の人物でもない。

そう、デス・アプローチという男が感謝しているのは自分自身だった。

いよいよ倒れているブライアスを仕留めにかかる。

殺意を持てば、このボウガンで致命傷《ちめいしょう》を狙《ねら》える。

が、しかし。

傷が治り、ブライアスは立ち上がった。

デス・アプローチは我が目を疑う。

兵隊までもが完治しており、何かの回復魔法かと考える。

困惑《こんわく》しつつも彼はブライアスへの殺意を込めた。

「みーつけたぁぁぁぁ――――――――――――――！」

「は？」

突然《とつぜん》、何かがデス・アプローチの視界を覆《おお》った。

赤い光、そして熱。

それが彼の身を焦《こ》がして――

「ギャアァァァァァ――ッ！」

デス・アプローチの体が燃え上がった。

「よし、聖命のブローチ！」

「見せるだ！　おぉ――――！　確か神の息吹《いぶき》を受けたと言われている神器だべ！」

「ありがとう神様」

「いやぁー、しっかしすげぇスキルだ！」

自身の身に何が起こったのか、デス・アプローチには認識できなかった。

先制攻撃であるファイアーボールが直撃したなどと、わかるはずもない。

「で、この人は？　デス・アプローチってなに？」

「知らん」

訳がわからないままデス・アプローチの意識は闇《やみ》に落ちた。

＊　＊　＊

ミッション達成！　聖命のブローチを手に入れた！
効果：あらゆる呪《のろ》いを完全に防ぐ。

呪いってRPGだと様々な効果があるけど、完全に防ぐってワードにときめく！

特にこの世界の呪いってえげつないイメージがあるよ。

例えば代々に亘《わた》って蝕《むしば》む呪いとか？　まぁ私に代々なんてないけどさ。

とにかく神の息吹がかかってるなら、人間ごときの呪いなら撥《は》ねのけられるヒャッホォ――――！

「ヒャッホォ――――！　呪ってこぉおい！」

「ひゃっほっほい！」

人目も憚《はばか》らず、つい狂喜乱舞《きようきらんぶ》しちゃう。

この町の衛兵がブライアス、いやブライアスさんとお話をしているのに気づかなかった。

ちらちらとこちらを見て青ざめていて、気分でも悪いのかな？

「で、この死神みたいなおじさん誰？」

「こいつはデス・アプローチ……。王国の陰《かげ》で暗躍《あんやく》し、国王にとって不利益をもたらす者の変死はすべてこいつの仕業《しわざ》だ。ここにいるということは君を始末しにきたのだろう」

「なんとなくそう思ったよ」

ホントかよ、みたいな目で見ないで。

黒焦《くろこ》げになって後ろ手に縛《しば》られたデスさんが呻いている。

衛兵の応急処置でかろうじて助かったけど、この後どうなるんだろう？

まぁいいか。

「よくこいつが狙っていると気づいたな……見事な先制だった」

「気配しかなかったからね」

ミッションの、ね。

デス・アプローチ。ブライアスさんの話によれば、要するに暗殺者か。

ミッションがくるならそれはそれでいいんだけど、この先もこんなの送り込まれてちょっかいをかけられるのかな？

「こいつに狙われて生き残ったのは君が初めてだ。私の任務失敗を含《ふく》めて、おそらく陛下は黙《だま》っていないだろう」

「だよねぇ……」

「私からの忠告だ。君はこの国を出たほうがいい。詳細《しょうさい》はわからんが、そのスキルがあるならどこでも生きられるだろう」

「国を出る？」

「そうだ。君は知らないだろうがこの国は今、様々な問題を抱《かか》えている」

それは大変だけど、私はまだこの国を探索《たんさく》しつくしていない。

いつどこでミッションが発生するか。

もしあそこに立ち寄っていたら、とか考えるとたまに眠《ねむ》れなくなる。

だからそういう意味では、お城がある王都にも立ち寄る必要があるわけで。

そう、立ち寄るだけだよ。別に王様討伐ミッションとか期待してないからね。

「お、おい……。まさか陛下に対して何かよからぬことを企《たくら》んではあるまいな？」

「え？　そんなわけないでしょ」

「そうか？　身の毛がよだつ笑《え》みを浮《う》かべていたから、なんとなくな……」

「またまたー」

私って顔に出る？

この人ったら、私たちに負けたものだから悔《くや》し紛《まぎ》れに言ってるんだよね。

またまたそんなにひきつった顔をして。

今日のところは休んで、出発は明日にしますか。

なにせ蒼天の翼からもらったお金に加えて、ドテなんとかの討伐報酬でかなりほくほくだ。

この町のちょっとお高い宿は評判がいいらしいし、今夜は贅沢《ぜいたく》しちゃおう。

＊　＊　＊

新たなミッションが発生！
・ドリューハンドを討伐する。報酬：天の宝珠《ほうじゅ》

「うりゃあぁ――――ッ！」

「ぐぅオッ！」

宿の部屋に案内されてさぁくつろごうと思ったら、あんた。床《ゆか》からなにか出てくるの。

長い爪《つめ》がついた手甲《てっこう》のおじさんが襲《おそ》ってきたから、頭を叩《たた》いた。

なんで宿についていきなりモグラ叩きしなきゃいけないの？

「オ、オレの……『地中潜り』を……見破る、と……は……」

「とやぁぁッ！」

「ぐっ……」


ミッション達成！　天の宝珠を手に入れた！
・かつて天界に存在した宝珠。鍛冶の素材。

やられて尚《なお》、スキル自慢《じまん》をしてきた変質者に止《とど》めを刺《さ》した。

女子の部屋に入ってきた第一声がそれってさぁ。

それよりこの宝珠、いい艶《つや》と色をしてらっしゃる。うふふ。

「すりすりすり……」

「マテリ、こいつもたぶん王様が送り込んだ刺客《しかく》でねえの？」

「ゲェッ！　あのデスだけじゃなかった!?」

「まぁー王様なら顔も広いだな」

「ふざけないでよ。あの王様……」

元々腹が立つ王様だったけど、こうも執拗《しつよう》に命を狙ってこられたら怒りも頂点に達する。

まずは天の宝珠を撫《な》でてひとまず落ち着こう。

デスもこの地中おじさんも、討伐ミッションは出ていた。

あのブライアスさんにでさえ出ていたんだから、これから襲ってくる刺客も例外じゃない。

ということは、ですよ？

「狙われるならそれだけミッションと報酬が発生するわけだ」

「マジかー！　そりゃ積極的に潰《つぶ》されねぇと！」

「しかも結構、いいもの貰えたじゃん？」

「どのくらい刺客いるんだ？」

考えただけでゾクゾクしてくる。

王様のお膝元である王都やお城は宝の山だ。

宝がやってくるのを待つくらいなら、私から行ってやろう。

「ミリータちゃん。たった今、王都行きが決定したよ」

「っしゃあ！　じゃあ、オラはユグドラシルの枝と天の宝珠で何か作るだ！」

「楽な相手ばかりとは限らないからね。で、何ができるの？」

「それはできてからのお楽しみだな」

「えー！　おーしーえーてぇー！」

せっかくのいい宿だけど、今夜はあまり眠れそうにない。

新たな報酬とできるアイテムのせいで興奮が収まりそうになかった。

あとこの地中おじさん、どうするの？

誰かどかして？

名前：マテリ
性別：女
LV：32
攻撃：４９７＋１６９５
防御：５０７＋５５８
魔攻：４８０＋９５０
魔防：４４９＋90
速さ：５６７＋40
武器：焔宿《ほむらやど》りの杖（攻撃＋35）
　ユグドラシルの杖（攻撃＋７００　魔攻＋９５０　魔法の威力《いりょく》が二倍になる）※素材、
　天の宝珠込み
防具：ラダマイトのリトル胸当て＋１（防御＋４５０　魔防＋35）
　ヒラリボン（防御＋15　速さ＋40）
　すごい旅人服（防御＋１）
　プロテクトリング＋１（防御＋50）
　剛神《ごうしん》の腕輪＋１（攻撃＋９６０　１レベル×30）
　ヒールリング
　光の髪飾《かみかざ》り（防御＋42　魔防＋55　精神耐性＋50％）

聖命のブローチ（あらゆる呪いを完全に防ぐ）
スキル：『クリア報酬』
称号《しょうごう》：『捨てられた女子高生』
『スキル中毒』
『物欲の聖女』

名前：ミリータ
性別：女
LV：27
攻撃：710＋750
防御：602＋732
魔攻：100
魔防：254＋205
速さ：210＋80
武器：闘神の槌＋1（攻撃＋1750（400＋1レベル×50）速さ＋80）
防具：ラダマイトのドワーフ胸当て＋1（防御＋560　魔防＋50）
バーストバックラー（防御＋130　魔防＋100）
光の髪飾り（防御＋42　魔防＋55　精神耐性《たいせい》＋50％）
スキル：『神の打ち手』

称号：『鍛冶師』
『アイテム中毒』

第五章　混沌の王

「陛下、準備が整いました」

国王は満足していた。

数人の宮廷魔道士《きゆうていまどうし》が慌《あわ》ただしく動き、ようやく異世界召喚《しようかん》の準備を終えたからだ。

必要な魔道具や触媒《しよくばい》など、異世界召喚はとにかく金がかかるから国王も苦労している。

「よし、では今度こそ成功させるぞ」

「では……」

魔道士が呪文《じゆもん》を唱えると床《ゆか》に描《えが》いた魔法陣《じん》が光る。

杖《つえ》を振《ふ》り、空中に描いた一列の文字が動き出して回転を始めた。

それがいくつも重なり、室内を強い光が満たす。

「く、来るぞ！」

光の柱が魔法陣から放たれた後、そこに何者かが立っていた。

二対《つい》の黒々とした角、紫《むらさき》の体毛と人の肌《はだ》が入り混じる人型の何か。

すらりとした体形に悪魔と形容できる容姿が合わさり、国王は総毛立つ。

更《さら》に全身が凍《こお》り付くような感覚さえ覚えた。

「な、な、何者だ……」

「……私を呼んだのは貴様か」

「そ、そうだ。私はファフニル国の王、そなたに……う……うおぉぉ……アァアァッ！」

国王は自身の片手の手首から先がなくなっていることに気づいた。

膝《ひざ》をついて遅《おく》れてやってきた激痛に耐《た》え切れず、力の限り叫《さけ》んでしまう。

「余計な発言を許可した覚えはない。私を呼び出したのは貴様かと聞いている」

「そ、そう、です……」

「何用だ」

国王の喉《のど》が渇《かわ》ききって声が出ない。

出せなかった。

それは次の発言で命が飛ぶことを国王の本能が理解している。

「答えぬか」

「う……！」

眼前に迫《せま》られた時に国王は完全に圧倒《あっとう》された。

その時、ここで仕留めなければいけないと国王は攻撃《こうげき》を開始する。

「フラムブレイクッ！」

国王が最高位の炎《ほのお》属性魔法を片手から放った。

極限まで高まった熱を凝縮《ぎょうしゅく》して対象に打ち込《こ》んで一気に爆発《ばくはつ》させる魔法だ。

理論上、これに耐えられる生物はいないと国王は豪語《ごうご》する。

非常に小規模ではあるが、いかなる物質とて塵《ちり》すら残らない。

国王のスキル、全属性魔法はこのような魔法をいくつも放つことができた。

「今のが答えか？」

「うぅ……!?」

何事もなかったかのように悪魔は立っていた。

埃《ほこり》でも払《はら》うかのように、手で体を叩《はた》いている。

「……そうか。人間という生物は己《おのれ》の力量を見誤る傾向《けいこう》にあると聞く。ならば名を明かして驚愕《きょうがく》させる必要がある。私はアズゼル、魔界の王だ」

「ア、ズゼ、ル……」

国王はアズゼルについて、文献《ぶんけん》で読んだことがあった。

魔界は魔族と呼ばれる種族が支配しており、かつては人間の世界にも存在していた。

その力は絶大で、人間が魔力と理論を行使して魔法を使うのに対して魔族は呼吸のごとくそれを扱《あつか》える。

あらゆる点で人間の上をいく彼《かれ》らはかつてこの世界を支配していた。

いつ、どのようにして魔族が地上から姿を消したのかは不明。

魔族の中でも魔界を支配する五大魔王の一人がアズゼルだ。

現在、王国を脅《おびや》かしている魔王との関係性は不明だが、このアズゼルのほうが遥《はる》か上をいくと国王は予想する。

一時期、国王は魔王を遥かに凌《しの》ぐ魔王を呼び出してぶつけようと考えていた。

「ようやく力量の差を理解したと見える。その上で貴様は私に何を望む?」

「こ、この、世界にも、魔王と呼ばれる奴《やつ》がいて、そいつを、こ、殺してほしい……」

「つまり望むのは安寧《あんねい》か。話に聞いていた人間らしい……。争いや不幸から目を背《そむ》けてただひたすら平和を欲する……。それは人間が脆弱《ぜいじゃく》だからだ」

アズゼルが喋《しゃべ》るたびに、国王は体の力が抜《ぬ》けていく感覚に陥《おちい》った。

すべてを諦《あきら》めて楽になりたいとすら思っている。

「弱いから平和を望む。愚《おろ》かで嘆《なげ》かわしい。私は混沌《こんとん》を司《つかさど》る王アズゼル、貴様に授《さず》けられるものは一つしかない」

「それは、一体……」

「私は貴様に混沌を授ける。平和とは程遠《ほどとお》いものだ」

「そ、そ、それだけはぁ! ぐぁッ!」

今度は国王の足を貫《つらぬ》かれた。

立つことすらできず、悶《もだ》えるしかない。

「貴様が支配していた国は私がいただく。人間には自らの生がいかに儚《はかな》いものか、私が理解させる」

「うう、うぐぐ……」

「いでよ……我が眷属《けんぞく》よ」

アズゼルが手をかざすと、四匹《ひき》の魔物が出現した。

国王は異世界の少女であるマテリに心の中で毒づく。

それもこれもあの異世界の少女を召喚してからケチがついた、と。

「アズゼル様ァ！　お呼びでございますかぁ！」

「ゲーゲゲッ！　なんだぁ？　こいつらまさか人間かぁ！　初めて見るぜぇ！」

「浅ましいぞ、ゲルゲリゲラン」

「そうだヨ。アズゼル様の御前《ごぜん》なのだゾ」

異形《いぎょう》としか形容できない魔物たちが楽しそうにはしゃいでいる。

分析《サーチ》を使った魔道士が愕然《がくぜん》として、座《すわ》り込んで失禁していた。

「ア、アズゼルの、このステータス、は……あぁ……。ゲ、ゲルゲリゲラン……こ、攻撃が、７００を超《こ》えて、いる……」

この魔物のうち、一匹すら手に負えないと知って国王は絶望した。

＊　＊　＊

「あそこが王都かー。長旅だったなぁ」

「やっと着いただな。でもなんか様子がおかしくねえか？」

遠目に見える王都だけど、どこかどんよりした雰囲気《ふんいき》があるような？

まぁいいか。ミッションさえあればいいからね。

というわけで無事、王都に到着《とうちゃく》！


ファフニル王都に到達！　不死鳥の羽を手に入れた！

効果：幻《まぼろし》の素材。鍛冶《かじ》で使用。

「ふ、ふしちょーのはね！　ふしちょーなんているの⁉」

「数百年だかに一度だけどこかの山に姿を現す伝説を聞いたことあるだべがや！」

このファンタジー世界においてすら存在するかどうかの不明の鳥だ。

幻どころじゃない。私がいた世界でいえば、鬼《おに》の角みたいなものです。

あっちと違《ちが》ってこっちは紛《まぎ》れもない本物だと信じている。

「えへへへぇ……鍛冶かぁ。ミリータちゃん、どうやって料理するぅ？」

「どーすっかなぁー」

「あのな、少しはこの異常事態を察しろ……」

羽にほおずりしていると、ブライアスさんが呆《あき》れている。

どうせ王都に行くならと同行したんだけど、残念ながら道中の魔物はほぼ私たちで討伐《とうばつ》させてもらった。

私のミッションはミリータちゃんが討伐しても完了《かんりょう》するけど、ブライアスさんたちの場合はわからない。

基準がわからないから、ステータスアップの実は全部私たちがいただいた。

で、その王都なんだけど確かに様子がおかしい。まず人通りがまったくない。

「なんか夜みたいに暗いなぁ」

「見張りの兵もいないな……ん？　人があんなにたくさん……な、なにをする気だ⁉」

大勢の人たちが左右の通りから出てきたと思ったら、武器を持って戦いを始めた。

演技には見えなくて、血眼《ちまなこ》になって互《たが》いを殺そうとしている。

中には兵士もたくさんいて、ブライアスさんはより血相を変えた。

「お、お前たち！　何をやってるんだ！」

「ブライアス総隊長！　止めないでください！　俺《おれ》たちが勝たないとゲルゲリゲラン様が怒《おこ》るんだ！」

「うるせぇ！　ジャモク様のほうが何倍も怖《こわ》いんだ！」

ブライアスさんは少し戸惑《とまど》っていたけど仲裁《ちゆうさい》に入った。

ブライアス隊の人たちも同じだ。

「よさないか！」

「どいてくれぇ！」

よくわからないけど王都がカオスだ。

これはミッションのにおいがしますな！


新たなミッションが発生！
・ゲルゲリゲランを討伐する。　報酬《ほうしゆう》：超全上昇《ちようぜんじようしよう》の実×2
・ジャモクを討伐する。　報酬：神速のピアス

「ミッションスメルゥゥゥアアアァァ――――――！」

「な、なんだぁ！　うおぉぉぁあぁっ！」

争う人たちに突進《とつしん》して、ブライアス隊もろとも蹴散《けち》らした。

倒《たお》れて呻《うめ》く人たちが武器を手放している。

左右を確認《かくにん》して討伐対象を確認すると、いた！

ゴリゴリマッチョの牛頭と人の形をした木が、何事かと私を見ている！

「何事も何もミッションごとじゃぁ――――！」

「なんだ、こいつぅ！」

「あっちは薪《まき》にもなんねぇだぁ――――！」

「愚かナ……！」

牛頭も突進してきた。

私は焔宿《ほむらやど》りの杖、ユグドラシルの杖の二刀流。じゃなくて二杖流！

ユグドラシルの杖は魔法効果二倍、これはアイテムで発動したものも含《ふく》まれる！

今はファイアショットじゃなくてブレイズショットだけど、ファイファイで慣れちゃったからこれでよし！

つまり最強に見える！

「そんななまっちょろい棒でこのゲルゲリゲランを殺せるかぁ！　ガハハハハ――――！」

「ファイボファファファファファファファファファファファファアアアァァイッ！」

「ぶぶあぁぁぁぁぁぁッ！」

真正面から炎の玉を受けたゲなんとかがのけ反って倒れた。

炎に包まれた体が黒ずんで、すでに動かない。

「ゲルゲリゲランが一撃だと！　バカな！」

「おめぇは薪だぁぁ――――！」

「チッ！」

樹木人間のほうはミリータちゃんの一撃を回避《かいひ》した！

あぁもう！　なんでかわすの！

「魔界一の呪術《じゅじゅつ》の使い手と言われたジャモクの恐《おそ》ろしさ……知るがいイ！　永呪《コーマ》ッ！」

「だらっしゃあぁぁ！」

「ぐあぁぁぁぁッ！」

何かしたみたいだけど樹木人間は無事、ミリータちゃんの二撃目で木っ端《こぱ》みじんになった。

今のは呪《のろ》いか何かかな？　ちなみに聖命のブローチ、実はミリータちゃんもつけている。

魔法のつるはしで発掘《はっくつ》した鉱石とかけあわせたら、なんか鍛冶で出来た。

そして訪《おとず》れるのは――

ミッション達成！　超全上昇の実×2を手に入れた！
効果：ステータスが＋200される。
神速のピアスを手に入れた！
効果：攻撃回数が＋1される。

「張《みなぎ》りすぎるゥゥ――――――！」

「力を持て余すだぁ――――――！」

叫ぶ私たちに誰《だれ》一人、リアクションできない。

ブライアスさんも兵隊も、争っていた人たちも微動《びどう》だにしなかった。

「た、倒したのか？」

「そのようだな……ひとまず状況《じょうきょう》を話してくれるか？」

「はい……」

私たちをよそにブライアスさんは冷静に聞き込みを始めている。

落ち着いたところで聞いてみると、その内容はなかなかぶっ飛んでいた。

国王が二度目の異世界召喚で呼び出したのは、魔界最強の一角である混沌のアズゼル。

アズゼルは手始めにこの王都を混沌に陥《おとし》れようとした。

最強の眷属である四魔将を使って王都の人々を争わせて、親兄弟すらも例外じゃない。

泣き叫びながら、或《ある》いは葛藤《かっとう》しながら戦わざるを得なかった。

すでに王都に配備されていた兵隊は壊滅《かいめつ》状態で、アズゼルの支配下になっているらしい。

「なるほど、なるほど。それはもう王様のせいだよねぇ」

「陛下……なんということを。あれほど異世界召喚の危険性を訴《うった》えたというのに……」

「それで、その四魔将というのはどこにいるの？」

「お前たちがすでに二人倒しただろう……」

「あぁー、あいつらがそうだったんだ」

それで報酬の羽振《はぶ》りがよかったわけだ。

ということは最低でも報酬はあと二つ？

いや、アズゼルとかいうのを含めたら三つだ。

「おい、まさかクリア報酬目当てでアズゼルに挑《いど》むのではないか？　ここはまず作戦を立てて慎重《しんちょう》に行うべきだ」

「なんでさらっとクリア報酬がバレてるの」

「さすがに嫌《いや》でもわかる。それより相手は魔界の王……。お前は軽く考えているようだが、この世界の存続の危機ですらあるのだ」

「世界の危機かぁ」

さぞかし報酬は、と考えると居ても立っても居られなくなる。

それに王様がまだ生きているかわからないけど、思い知らせるにはいい機会だ。

名前：マテリ
性別：女
ＬＶ：36
攻撃：９６５＋２２４５
防御《ぼうぎょ》：９１９＋６８７
魔攻：７７３＋１０００
魔防：７８１＋１１０
速さ：８２６＋60

武器：焔宿りの杖＋２（攻撃＋45）
　ユグドラシルの杖＋２（攻撃＋７６０　魔攻＋１０００　魔法の威力《いりょく》が二倍になる）
防具：ラダマイトのリトル胸当て＋２（防御＋５００　魔防＋40　すべての属性耐性《たいせい》＋40％）
　ヒラリボン＋２（防御＋30　速さ＋60）
　すごい旅人服＋２（防御＋２）
　プロテクトリング＋２（常にガードフォース状態になる。防御＋１００）
　剛神《ごうしん》の腕輪《うでわ》＋２（攻撃＋１４４０　１レベル×40）
　神速のピアス（攻撃回数が＋１される）
　ヒールリング（使うとヒールの効果がある）
　聖命のブローチ（呪いを完全に無効化する）
　光の髪飾《かみかざ》り＋２（防御＋55　魔防＋70　精神耐性＋70％）
スキル：『クリア報酬』
称号《しょうごう》：『捨てられた女子高生』
　『スキル中毒』
　『物欲の聖女』

名前：ミリータ
性別：女
ＬＶ：34

攻撃：１２１２＋２５４０
防御：１１３５＋８５５
魔攻：５０７
魔防：８９４＋２５０
速さ：８８０＋１００
武器：闘神《とうしん》の槌《つち》＋２（攻撃＋２５４０（５００＋１レベル×60）速さ＋１００）
防具：ラダマイトのドワーフ胸当て＋２（防御＋６２０　魔防＋60　すべての属性耐性＋60％）
　バーストバックラー＋２（防御＋１８０　魔防＋１２０）
　聖命のブローチ（呪いを完全に無効化する）
　光の髪飾り＋２（防御＋55　魔防＋70　精神耐性＋70％）
スキル：『神の打ち手』
称号：『鍛冶師』
　『アイテム中毒』

＊　＊　＊

「アズゼル四魔将の一人、ブシン！　お覚悟《かくご》ですわ！」

ファフニル国の王女が剣《けん》を構えて立つ。

王都の広場で彼女《かのじょ》と対峙《たいじ》するのは、剣を突《つ》き立てて佇《たたず》んでいる全身鎧《よろい》の化身《けしん》のような魔族。

兜《かぶと》の奥《おく》は暗闇《くらやみ》の空洞《くうどう》のようになっていて、目に当たる部分だけが赤く光る。

「……王の娘《むすめ》か？」

「なぜそれを……」

「あの王よりも品がある」

「品……」

魔族にすら気を使われたと王女はやや落胆《らくたん》する。

王である父親にも見放されて、頼《たよ》れるのは剣術のみ。

しかし彼女は彼女なりにここに立つ理由があった。

「私はファフニル国の王女、シルキア！　ブシン！　この国を汚《けが》すことは許しません！　私が成敗《せいばい》してあげます！」

「その剣にすべてを乗せて戦うか。いいだろう」

ブシンが大剣を構えた時、シルキアは鳥肌が立った。

鎧の化け物と形容できるブシンは何の感情も見せない。

周囲にはブシンに挑んで敗れた兵士や冒険者《ぼうけんしゃ》の死体がある。

彼らは何の感情も抱《いだ》かれずに殺された。

未来と生をかけて、誇《ほこ》りをもって戦いを挑んだ彼らが。

「あなたたちはなぜこんなことを……」

「主君の意思だ」

「主君……アズゼルですか。あのような者に何の正義があると？」

「正義……？」

ブシンはやや疑問を感じた。

シルキアが言う正義の意味が理解できずにいる。

「正義とは？」

「あ、あなたにも理由があってアズゼルに従っているのでしょう！」

「強き者と意思に仕える。それ以外にない」

「たったそれだけで……」

「上に立つものには品格がある。弱者は持ちえないものだ」

上に立つ者に必要なのはスキル、シルキアはそう教えられてきた。

スキルは遺伝が強く影響《えいきょう》するが、彼女は恵《めぐ》まれなかった。

しかし剣術では誰にも負けないとシルキアは信じている。

幼い頃《ころ》、習い事が嫌でたまらなかったシルキアは耐えかねて掃除《そうじ》用具を振り回して暴れたことがあった。

そこへたまたま通りかかったブライアスがシルキアのそれを怒るわけでもなく、褒《ほ》めたのだ。

その元気があれば剣士にでもなれましょう、と。

父親にすら褒められないシルキアは嬉《うれ》しくて、剣術を学ぶようになった。

今にして思えばお世辞だったのだろう。

しかしシルキアにとって、その時の言葉が今も彼女を突き動かしている。

「お前からは意思を感じられる。あの愚王《ぐおう》には何もない。あるのは歪《ゆが》んだ利己のみ……。嘆かわしい」

「あのような人でも、魔族に愚弄《ぐろう》されるのは腹が立ちます」

「ならば私を殺すがいい。できるならな……」

ブシンが大剣をシルキアに突きつけた。

力、リーチ、体躯《たいく》。ブシンと彼女とは何もかも差がある。

真正面からの突破《とっぱ》は不可能と判断したシルキアは――

「はぁッ！」

「ぬ……」

シルキアがしゃがんで体勢をあえて崩《くず》してから、地を蹴《け》って斬《き》り込む。

ブライアスの閃光《せんこう》ほどではないが、彼女も敵の隙《すき》を突く戦術は身につけていた。

狙《ねら》うは鎧の継《つ》ぎ目だ。

「小賢《こざか》しい」

「あッ……！」

ブシンが大剣を目の前の地面に突き刺《さ》した時、シルキアの剣が折れた。

「弱い」

「あ、あ……」

この瞬間《しゅんかん》、シルキアは理解した。

剣術、修練。何を磨《みが》き上げようと、すべてを決定づけるのはステータス。

ブシンの攻撃はシルキアの防御を遥かに上回っていた。

武器の硬度《こうど》などものともしない。

シルキアはブシンと剣を交えて、勝つ気でいた。

剣術以前の問題があるというのに。

「戦意を失ったか。だから人間はその程度なのだ」

「あ、う……ま、まだ、です……」

「これではアズゼル様が呆れるのも頷《うなず》ける。未《いま》だこのような脆弱な生物がこの世界を我が物顔で歩いているとはな。同胞《どうほう》たちも不甲斐《ふがい》ない……」

「あなたたちはいったい……同胞とは……」

シルキアにブシンの言葉の意味はわからない。

心まで折れては本当の終わりだと、シルキアは己を鼓舞《こぶ》する。

ここで屈《くっ》しては死んでいった国民の屍《しかばね》を乗り越《こ》える資格がない。

意思をそう強く持ってこそ、シルキアはブシンの前に立てる。

しかし――

「知る必要もなかろう」

ブシンが大剣を振り上げた。

それが振り下ろされてしまえばシルキアは死ぬ。

王女として何一つ守れない。

シルキアは己の死を悟《さと》る。

見苦しい命乞《いのちご》いは絶対にせず、死は受け入れようと覚悟した。

「ファイアボォォォ――――――――――――！」

「ぬわぁ――――――――！」

大剣を振り上げていたブシンが吹《ふ》っ飛んだ。

シルキアが左方向を見れば、バラバラになって溶《と》けたブシンの残骸《ざんがい》がある。

ブシンは右方向から攻撃を当てられていた。

「これで三匹目ェェ――――――――――！」

「報酬はなんだべ！」

シルキアはその光景が信じられなかった。

そこにいたのは二本の杖を持つ少女だ。

「あ、あの子は……」

一見、シルキアには魔道士のようにも見えた。

しかし不思議とそう確信できない。

少女は服装に胸当て、他にも何かの腕輪やアクセサリを身に着けている。

それがシルキアにはキラキラと輝《かがや》いて美しく見えていた。

輝きが少女を彩《いろど》り、途端《とたん》にシルキアの中で何かが弾《はじ》ける。

「うふふふ……報酬、ほーしゅー……」

シルキアにはその少女がここに舞《ま》い降りた聖女としか思えなかった。

その姿は煌《きら》びやかで気品溢《あふ》れる佇まいとして目に映る。

少女はシルキアに見向きもしない。

人を救うなど彼女にとっては日常ではないかとシルキアはそう解釈《かいしやく》した。

彼女はおそらく聖女であり、そこには損得などない。

自らの功績をひけらかすわけでもない。

あるのは慈愛《じあい》のみ。

シルキアの中で少女が一瞬にして美化されていた。

「えへへー……」

少女の笑顔《えがお》がシルキアの心を潤《うるお》している。

シルキアは意を決して礼を言おうとした。

＊　＊　＊

ミッション達成！　エンチャントカード・魔族特攻を手に入れた！
効果：武器にエンチャントすることで魔族への特攻効果が得られる。

「カ、カードォ!?」

「カード！　生まれて初めて見ただ！」

さすがの私も今までのアイテムと違った異質さのせいで、テンションが素直《すなお》に上がらない。

見た目は何の変哲《へんてつ》もない長方形のカードだ。

ミリータちゃんの話によるとこの世界には誰が作ったのか、魔法のカードと呼ばれるものがあるらしい。

アイテムにエンチャントすることで様々な効果が得られる。

そしてこの魔族特攻、かつて英雄《えいゆう》が身につけていた装備にもエンチャントされていたものだと説明された。

貴重どころの話じゃなくて、そんなものがあったら苦労しないと誰もが言う身も蓋《ふた》もない存在だ。

「これ、どうする？」

「もちろんマテリが使うといいだ。効果はファイアボォにも乗るかもしれねぇ」

「私のあれってファイアボォ呼びで定着したんだね。じゃあ遠慮《えんりょ》なく……」

カードを杖に差し込むと普通《ふつう》にスッと入っていった。ちょっとビックリ。

見た目は変わらないけど、これで魔族特攻が得られたのかな？

杖を振り回してみたけど、やっぱり何の感触《かんしょく》もない。

「魔族って今の鎧戦士みたいなのも含まれてるのかな？」

「明確な定義はわからねぇな。何せ魔族なんてのはずっと存在を確認されてなかったからなぁ」

「そうなんだ。とにかく早く試《ため》してみたいなぁ」

いいアイテムを手に入れて一息つくと、さっきから熱視線を感じる。

そういえば誰かが戦っていたような？

脊髄《せきずい》反射で攻撃したから巻き込んじゃったかも？

その時、他に誰かがいるような気がした。

「はぁ……聖女様……。なんとお美しい……」

そこには女の子がいて、なんか呟《つぶや》いている。

死体ならたくさんあるけど、そんな中であの人は何を言ってるんだろう？

なんか怖くなってきたから関《かか》わらないほうがいいか。

「ミリータちゃん、行こう……」

無視していこうとしたら、女の子が近寄ってきた。

「あの！　待ってください！」

「ついに話しかけてきたか」

そして反応してしまった。

普通にスルーしてくれるかなと思ったんだけどね。

駆《か》け寄ってきたその人は私と同じくらいの年齢《ねんれい》で、見た目は剣士。

金髪《きんぱつ》を後ろでまとめて腰《こし》の鞘《さや》も合わさると、勇ましい女の子って感じだ。

「聖女様、助けていただいてありがとうございます。しかし私の礼など必要ないかもしれません。あなたにとって人助けなど呼吸のごとく当然の行為《こうい》……。私のような人間のエゴだと思ってくださいませ」

「う、うん」

女の子の言葉の勢いがすごい。

うんとしか言えない。

「私はファフニル国の王女シルキア、この国を取り戻《もど》さんと奮起したのはいいのですが力及《およ》びませんでした。聖女様がご降臨していなかったら、私の命はありませんでした。その上で今一度、お願いします。これは王女として、国を想《おも》う人としての願いです。聖女様にこのようなことをお願いするのは憚《はばか》れます。人助けはあなたにとって呼吸……。ですが、私は言います。どうかこの国をお救いくださいッ！」

「う、うん」

そう、この人は王女か。

だけど王女以外のフレーズが何一つ入ってこなかった。

しかも思わずうんとか言っちゃったよ。

どうせアズゼルを討伐するのが目的だからいいんだけどさ。

でもこれ、万が一にでもミッションが発生しなかったらと思うと確実に安請《やすう》け合いだよ。

そっか、王女様か。

あの王様の娘なのに、人に頭を下げることは知ってるんだ。

あの父親はどこに常識を忘れてきたんだろう。

「あぁ！　やはりお救いしていただけるのですね！」

「やはりとか言わないでください」

「現在、アズゼルは王の間にいるはずです！　しかし残り四魔将の一人、リマックマは不可解な術を使います。あの術に惑《まど》わされては聖女様といえど……」

「マスコットみたいな名前してますね」

あの王様の娘だけあって、ベクトルは違えどやっぱり変な子だ。

でも自ら剣を手に取って戦っていたんだから、絶対に悪い子じゃない。

そして報酬もないのに命をかけられる精神は私からすれば理解できない境地だ。

それからシルキア王女様は私に根掘《ねほ》り葉掘り質問してくる。

聖女としての心構え、そして聖女とはなにか。私が聞きたいわ。

突っ込む暇《ひま》もなかったけど、なんでここでも私が聖女扱いされてるのさ。

「聖女様。あちらがお城です」

「あそこに報酬が……じゃなくて諸悪の根源がいるんですね」

「はい。特にアズゼルはこの世に君臨すれば世界を滅《ほろ》ぼしても余りある力を持つと言われています。そんなものを呼び出す危険性を知っていながらお父様は……」

「王様はご無事ですかね」

「それは……」

私は嫌《きら》いだけど一応、父親の心配だけはしておこう。

聖女なんかじゃないけど最低限、人を元気づけるのも悪くない。

何より国を救えば、そこら中にミッションが起こる可能性があるからだ。

そう、私にとって不都合なのはアズゼルとかいうのが支配しているせいでミッションが減っちゃうこと。

混沌の魔王だろうが何だろうが、私の前に立ちはだかるなら等しく報酬だ。

「くーくくくまっくまっ！　ようこそぉ！　人間ども、私が」

新たなミッションが発生！
・リマックマを討伐する。報酬：リマックマのぬいぐるみ

「ファイボォッ！」

「ひぃッ！」

姿は見えないけど、つい脊髄反射でファイアボォしちゃった。

でも惜《お》しかったみたいで、なんか悲鳴が聞こえたな？

どこかなー？

「く、くくくまっくまっ……なかなかいい勘《かん》をしていますねぇ。しかしこの私の姿を」

「ファファファファファファファアアアアァァァアッ！」

「さ、ささ、最後まで話を」

「ファイアボォォル！」

「ぬぉぉっ！」

チッ、惜しい。

こそこそ逃《に》げ回りやがって。

とっとと当たって報酬になったほうが楽になれるというのに。

次こそ当ててやる。

＊　＊　＊

四魔将の一人、魔界一の妖術師《ようじゅつし》リマックマは城門前で待機していた。
リマックマの術は変幻自在《へんげんじざい》、姿を消したり変えたりなど自由自在だ。
力自慢《ちからじまん》、魔法自慢、どんなものすら溶かすブレスを吐《は》く竜《りゅう》。
そんなものですら姿を捉《とら》えられなければ意味がないとリマックマは自負する。
混沌の名を冠《かん》する魔界の王アズゼル様が彼を見込んだ理由の一つでもあった。
アズゼルはリマックマが得意とする妖術を理解している。
リマックマの戦い方には特徴《とくちょう》がある。
獲物《えもの》をひと思いに殺さない。
まず獲物は見えない敵に翻弄《ほんろう》されて、やがて恐怖《きょうふ》に支配される。
恐怖は判断力を鈍《にぶ》らせる。
見えないものへの恐怖は、対峙したことがない者が想像できないほど計り知れない。
姿を消して、それでいてほんの少しだけ物音を立てる。
敵は周囲への警戒《けいかい》を怠《おこた》らず、武器を強く握《にぎ》りしめる。
そんなリマックマの戦術がすでに展開されていた。
マテリたちが周囲を見渡《みわた》している。
見えない恐怖がじわりと奴らの心を侵食《しんしょく》しているのだとリマックマはほくそ笑《え》んだ。

闇雲《やみくも》に攻撃を始める者、警戒したまま動かない者、しびれを切らして逃げ出す者。

マテリたちがどうなるか、リマックマは楽しんでいた。

消えているリマックマは小鳥へと姿を変えて、わざと音を立てて羽ばたいて飛び立つ。

こういった些細《ささい》なことですら、相手の神経を刺激《しげき》するなら十分だとわかっている。

マテリが大げさに振り向いて――

「ファイアボォ――――ルッ！」

「……!?」

「ファイファイファイファイファイ――――！」

「!?!?」

リマックマは寸前のところで回避した。

小鳥が視界に入った途端に「なんだ、小鳥か」と警戒心を緩《ゆる》める。

それがリマックマの目論見《もくろみ》だった。

しかしマテリは目の色を変えてまだファイアーボールを放つ。

リマックマはマテリから距離《きより》を置いて離《はな》れた。

「マテリ、あれはただの小鳥だ！」

「そうかなぁ？　私の勘と嗅覚《きゆうかく》がそうは言ってない気がしたんだけどなぁー？」

「嗅覚!?」

ドワーフの少女の言う通りで、それがリマックマの認識でもあった。

リマックマが城の陰《かげ》に隠《かく》れて仕切り直す。

また消えたまま、マテリたちに再接近した。

次は虫に変身した。

蟻《あり》ほどのサイズであれば、さすがに気に留めることもないと判断したのだ。

道端《みちばた》の石ころが視界に入っても、誰も気にすることはない。

それと同じで、リマックマは常に敵の死角を狙う。

卑怯《ひきよう》、陰湿《いんしつ》。魔界で数えきれないほど嘲《あざけ》られた。

しかしリマックマとしては勝てばいいとしか思ってない。

それがわからないから弱者はいつまでも勝てないと逆に見下している。

蟻になったリマックマは静かに忍《しの》び寄った。

「てりゃあぁ――――ッ！」

「⁉」

マテリが突然、地面に向けて杖を振り下ろした。

そして追撃がくる。

「マテリ！　またどーしたんだ！」

「いる！　そこにいるぅ――――！」

「何もいないだ！」

石畳《いしだたみ》が破壊《はかい》されるほどの威力である。

死に物狂《ものぐる》いでリマックマが逃げた。

ようやく木陰《こかげ》に隠れたことで諦めてくれたと安堵《あんど》するが――

「惜しいなぁ。どこかなぁー？」

リマックマはマテリに恐怖している。

まさか自分が人間に怖気《おぞけ》を感じるなどと、夢にも思ってなかったのだ。

そんなマテリから黒いオーラが立ち上って見えた気がした。

ゆらりと体を揺《ゆ》らして、マテリが徘徊《はいかい》を始める。

「そこかなぁッ！」

「⁉」

街路樹が根元からマテリに叩き潰《つぶ》されて倒木《とうぼく》した。

蟻のままでは殺されると判断したリマックマは次の変身する姿を考える。

もう正々堂々と姿を現して戦おうか、真剣に悩《なや》んでいた。

しかしそれができないリマックマは次の変身を試みる。

「にゃーん」

リマックマはこの世界でもっとも持て囃《はや》される生物を知っている。

それは猫《ねこ》だ。

何かを発見した時、そこに猫がいれば確実に人間はあるセリフを言うとわかっていた。

「なんだ、猫か」

ミリータがそのセリフを言った。が――

「ファイアボォ――――ル！」

「ぐあぁぁああ――――――――！」

マテリは躊躇《ちゅうちょ》なく撃《う》った。

＊　＊　＊

ミッション達成！　リマックマのぬいぐるみを手に入れた！
効果：魔法のコテージに設置することで魔物を寄せ付けない。

まずこのぬいぐるみを見た私の感想だけど。

「か、かわいくない！」

「魔除けだなぁ」

ミリータちゃんには、魔除けの効果がありそうに見えるらしい。

そして焼かれて死んだのは猫じゃなくて、二頭身のぬいぐるみだった。

熊《くま》のぬいぐるみだけど、牙《きば》を剥《む》き出しにして目はカッと見開いている。

顔だけリアルで、とてもマスコットにはなれそうもない。

でも効果はなかなかありがたい。

何せさすがにＲＰＧみたいに一晩は一瞬で終わるってわけにもいかない。

魔法のコテージで休んでいる時も魔物はお構いなしに襲《おそ》ってくる。

その度《たび》に起こされるし、機嫌《きげん》は最悪だった。

ステータスアップの実一つで機嫌を直せるわけない。

そこで私にとって純粋《じゅんすい》な疑問があった。

「で、今の敵って何がしたかったんだろうね」

「おめぇ、よく猫が敵だってわかったなぁ」

ミリータちゃんが不思議なことを言ってるね？

「え？　普通わかるよね？」

「いや、わからんって……」

ミリータちゃん、本当にわからなかった？

私以外は誰も気づいてなかった？

確かに理由を聞かれてもよくわからない。

あれが敵としか言えず、後は気づいたら本能で動いていた。

「邪悪《じゃあく》なるものの気配を察知するとは、さすが聖女様です！」

「そ、そだね」

王女様を誤解させたままだけど、そんなものよりクリア報酬のほうが大切だ。

報酬があるなら私は聖女にでも何でもなってやる。

お次はいよいよアズゼルだ。報酬が私を待っている。

そんなわけで城に辿《たど》りついたけど、不気味なほど静かだった。

どうもアズゼルは四魔将以外の手下がいないらしく、変なエンカウントもない。

おかげでミッションが発生しないし、アズゼル討伐は思ったよりおいしくないミッションかも。

いきなりアズゼルのところへ直行してもいいんだけど、その前に寄るところがあった。

それは地下牢《ちかろう》だ。

「そ、そなたは……」

「やぁ、王様。元気にしてましたか？」

地下牢に囚《とら》われていたのは紛れもないこの国の王様だ。

私を召喚した時の仰々《ぎょうぎょう》しさはどこにもない。

見るも無残なほどボロボロの服装で片手がなく、外傷だらけだった。

さすがの私もこの姿を見てざまぁみろと言うつもりはない。

「お父様、こちらのマテリさんが助けにきてくださったのです」

「なんだと……それは本当」

「いや、そんなことは一言も言ってませんよ」

「え？」

助けないとは言ってないけど、助けるとも言ってない。

私が何のためにここに来たか。

それは交渉《こうしょう》するためだ。

「王様。事情は聞いたし大変ですよね。私も過去のことをどうこう言うつもりはもうないんですよ。私はこの国を救いにきたのです」

「そなたのクソスキルで可能だというのか……？　クソスキルのそなたが？」

「二回も念入りに言わないでくださいね。クソスキルがここまで来られるわけないでしょ？」

「ぬぅ……ということはやはり有用なスキルであったか！」

怪我人《けがにん》とは思えないほど大声を出した。

あのアズゼルはどういうつもりでこの王様を生かしたんだろう？

私がアズゼルなら普通に殺してるよ。

「そうかそうか！　私の目に狂いはなかった！　よくぞ戻った！　マテリよ！」

「あの、ふざけてると帰りますよ？」

「この国を救いに来たとは、そなたこそが真の勇者だったな！」

「帰ろ」

「ま、待て！　あのアズゼルを倒せるほどのスキルなのだな!?」

この妄信《もうしん》的なまでのスキルへの信頼《しんらい》はどこからくるんだろう？

まぁ確かにクリア報酬は神スキルだけどさ。

「勝てますよ」

「言い切るか。ならば、行け！　マテリよ！」

「ただし条件があります」

「じょ、条件だと？　金なら多少はくれてやってもいいが……」

「多少って。もしアズゼルを倒せたら、こちらのシルキア様に王位を譲《ゆず》ってほしいんです」

王様が固まった。絶句してる。

国を救っても多少の金しかよこす気がないような王様だからしょうがないか。

私としてはこの国が救われないと普通に困る。

単純に不便だし、人がいることで発生するミッションだってあるかもしれない。

それに国が救われたとしても、クソスキル税とかやってる王様がトップにいるんじゃ本当に滅びかねない。

私にとってデメリットだらけだから、この条件をふっかけたまでだ。

「き、貴様……何を訳のわからんことを言ってる！　シルキアのスキルを知った上でほざいてるのか！」

「知りませんし、そこはどうでもいいです。条件を呑《の》むか、呑まないか。それを聞きたいのです」

「そんなもの呑めるか！」

「わかりました。では私はこの国を去ります」

「なにっ！　おい！」

踵《きびす》を返したら、慌てて引き留めてきた。

私としては普通にアズゼルは討伐するけどね。

ただで討伐するのはもったいない。

「そなたなら倒せるというのか！　スキルの詳細《しょうさい》を言え！　それ次第《しだい》だ！」

「クリア報酬。提示されたミッションをこなしたら、例えば幻のラダマイト鉱石とか手に入ります。はい、これ」

「ラ、ラダマイトだと……！」

本物を見せると、王様が震《ふる》えながら手を伸《の》ばしてきた。

他にもいろんなアイテムを見せつけると、すっかり顔色が変わる。

「ほ、焔宿りの杖……。これ一つで爵位《しゃくい》が買えるとすら言われている……。聖命のブローチ……国宝とすれば永遠の繁栄《はんえい》が約束されて……。ご、ごごご、剛神の腕輪ァァァァ！」

「ちょっとさすがに静かにお願いします」

「国潰しの英雄ダンダロスが身につけていたあの伝説のォォ⁉　に、偽物《にせもの》だ！　クソスキルめぇ！」

「まだ言うか」

私たちが倒した四魔将の詳細を伝えることで、ようやく半信半疑だ。

ここまでもってこられたなら十分、後は揺さぶるだけ。

「このままだと国ごと終わりですよ。仮にこの後、王様がどこかに逃げ延びたとしてもアズゼルは勢力を拡大するでしょうね。そして王様が召喚したこともバレるでしょう。魔族からも人間からも狙われる日々になりますよ」

「うぬぬぬ……！」

「私も忙《いそが》しいんでそろそろ決めてください」

「ううぅぅ！　うううぁあああぁぁ――――！」

おかしくなっちゃった。

そもそもこんな事態になったのはあなたのせいだからね。

呼吸を荒《あら》らげて、なかなか苦しそうだ。

いよいよ王様が再び口を開く。

「……のむ」

「はい？」

よく聞こえなかった。

王様、もう一度。

「頼《たの》む」

「アズゼル討伐を？」

王様、ようやくわかってくれた？

「そうだ。頼む……」

「それじゃ王様。成功したら王位をシルキア様に譲ります？」

「う、む……」

「ちなみに約束を破ったらどうなるか、理解してます？」

「ど、どうなる？」

破る気満々じゃないの、この王様。

手っ取り早く教えるために、私は焔宿りの杖で使ってない牢の鉄格子を殴《なぐ》った。

「てぇいっ！」

鉄格子はひしゃげるどころか、千切れ飛んだ。

囚人《しゅうじん》を閉じ込めておく場所だけあって、こういうのは簡単に壊《こわ》せない作りになっているはず。

それを踏《ふ》まえた上で王様は腰を抜かしていた。

「う、うむ」

よくわからないけど、納得《なっとく》してくれてよかった。

さてと、次はシルキア様に質問したいことがある。

「シルキア様、城の構造について質問していいですか？」

「は、はい。どのような部分についてお答えすればいいのでしょうか？」

さすがの私も魔界の王だの混沌を司ると聞いて正面から突撃するほどスキル中毒じゃない。

アズゼルが王の間に居座ってるなら、私はその下を行く。

ちょうど王の間の下に位置するフロアは一階の大会議場とのこと。

私はいよいよアズゼルに挑むことにした。王の間の下、つまり大会議場の天井《てんじょう》めがけて攻撃した。


新たなミッションが発生！
・混沌のアズゼルを討伐する。報酬：闇《やみ》の衣

「天井アタァァ――――ック！」

「落ちてきただ潰せ潰せ潰すだぁぁぁ――――！」

火の玉で天井を破壊すると同時に玉座に座っていたアズゼルが落ちてきた。

間髪入れず私たちは攻撃を開始。

同時にミッションも発生してくれたおかげで幸先《さいさき》は実によかった。

「ファファイファイファイファイファイファイアアファイア――――！」

「ぬぅぅッ！」

「てやてやてやてやてやてやてやてやぁ――――――――！」

「ぐぅう……！」

見るからにザ・悪魔って感じの見た目のこいつがアズゼル！

先制パンチの猛攻《もうこう》でアズゼルは身動きが取れない！

このまま――

「舐《な》めるなこの虫ケラどもがぁ――――――――――！」

「わおっ！　ファファファファファイアァァァー！」

背中から翼《つばさ》が生えたと同時に突風が起こる。

さすがの風圧に飛びそうになったけど手は緩めない。

翼もボロボロになって怯《ひる》むも、アズゼルが片手を振る。

「カオス・バーンッ！」

アズゼルからドス黒いオーラが膨《ふく》れ上がったと思ったら、爆発が鏤《ちりば》められた。

これはまずい！　と思ったけど――

「ミリータちゃん、あまり痛くないね？」

「んだな」

私たちがけろっとしていると、アズゼルがわなわなと震えている。

「なんだと……！」

うわ、アズゼルさん。すっごい驚《おどろ》いてる。

確かに虫ケラとか見下してた手前、これはちょっと恥《は》ずかしい。

でもさすが魔界最強の一角、あれだけの猛攻を浴びせたのにまだ余裕《よゆう》がある。

「なるほど……ただの人間ではないようだな。噂《うわさ》にきく伝説の勇者とやらか？」

「ファイアボォォッ！」

「ぬぐあぁっ！　こ、こやつ、私の話を」

「ファボファボファイアボォォ――――――ル！」

「ぐうぁぁぁッ！　このッ！　カオティック・ドームッ！」

黒いオーラが広がって、一階の大会議場全体を包む。

途端に周囲から黒い何かが圧迫《あっぱく》してきた。

「カオティック・ドーム……。空間に囚われし者は心を蝕《むしば》まれて、同時に闇の力に圧される。かつて魔界大戦を制した私の」

「ファイアボォアァアァッ！」

「ぐあぁぁッ！」

「潰れ死ねだァァァァ――――！」

「ぐぎぇッ！」

なんか技《わざ》自慢してたけど、どうでもいい。

薄暗《うすぐら》くなっただけで体にはほとんど何の異変もないからね。

そしてさすがのアズゼルもボロボロになってきて、膝を落としかけている。

「こ、このアズゼルが、こんな訳のわからん奴らに……」

「ファイアボボボボォォル！」

「ぶふぅあッ！　こ、この私がこれほどダメージを……」

「ファルァァァァ――――ッ！」

「ぐうぅあぁぁぁ――――ッ！」

ついに吹っ飛んだアズゼルが大きなテーブルに盛大《せいだい》に突っ込んだ。

魔族特攻万歳《ばんざい》。いやー、それにしてもタフだね。

まだよろめきながら立ち上がって、そしてボロボロの翼を広げた。

「まさか人間界でこれを」

「ファイアボォルッ！」

「ぐぅッ……使うはめに」

「ファファファファファァァァァ――――イッ！」

「あぐあぁ――――ッ！　な、なるとは……」

アズゼルの体が黒一色になる。

そしてシルエットが変化し始めた。翼が二枚から四枚に。

腕や足が太く大きくなり始めた。

これは第二形態の匂《にお》い！

「これぞ私の本当のぶぐあぁぁぁッ！」

「そんな面倒《めんどう》なもん相手にするかぁぁ――――！」

「魔界大戦にて、ぐぅ……！　すべてを、混沌に」

「接近殴りファイアボォル！」

「ぐっふぅぁぁぁ……！」

アズゼルの体に亀裂《きれつ》が入り、シルエット全体が崩れていく。

こ、この演出は！　きたぁ――――！

アズゼルがいよいよ倒れてくれるかも！

「ほ、本気すら、出せずに、この私がぁぁぁ――――！」

「アァァズゼルッ！　ファイアボッ！　ファイアボッ！　ファイファイファイファイアボッ！」

「ぐあぁぁ――――――ッ！」

アズゼルから光が放たれて、同時にその体が崩れた。

崩れた肉体が砂みたいになってサラサラと飛び散り、そして消える。


ミッション達成！　闇の衣を手に入れた！

効果：防御＋２２０　魔防＋４００　すべてのダメージを大きく減少する。

　かつてどこかの大魔王が身につけていたとされる。


「対抗馬《たいこうば》は光の玉ァァァ――――！」

「なんのことだ!?」

私が大はしゃぎしていると、王様を連れたシルキア様がやってきた。

事態を察したようで、シルキア様は目を輝かせている。

「聖女様！　もしかするとあのアズゼルを……」

「うん。バッチリ報酬……じゃなくて成敗したよ」

「す、素晴《すば》らしいです！　これでこの国は救われました！　あぁ……夢のようです！」

「はぁー、私も疲《つか》れちゃったな。少し休……」


新たなミッションが発生！
・ファフニル王を討伐する。報酬：略奪王《りゃくだつおう》の指輪

「シルキア様、お願いがあります。平和を取り戻せたことを、王女であるあなたから国民に伝えていただきたいのです」

「そ、そうですよね！　わかりました！」

疑うことなくシルキア様は走り去っていった。

王様が満足そうに見送った後、私の前に立つ。

さてと――

「マテリよ！　よくぞアズゼルを打ち倒し」

「つぇいやぁッ！」

「ぐぇっ！」

ミッション達成！　略奪王の指輪を手に入れた！
効果：与《あた》えたダメージ分、回復する。

どしゃりと王様が倒れた。よし。

さすがに娘の前でやっつけるわけにはいかなかったからね。

ブライアスさんの時は奇襲《きしゅう》しちゃったけど、私も少しは成長している。

ご褒美《ほうび》としてもっとミッションこないかな？

＊　＊　＊

「聖女様、起きてください」

「ミッション⁉」

ガバッと起きると、そこには見知らぬ女の人だ。

室内にある豪華《ごうか》な調度品とふかふかの大きなベッド、絨毯《じゅうたん》。

そうだ、私たちはお城の一室に泊《と》めてもらったんだった。

「ど、どちら様？」

「シルキア様の命により、聖女様のお世話をさせていただく者です。本日は戴冠式《たいかんしき》となっておりますので、ご準備のほうお願いします」

「たいかんしき？　あぁー……。あれ？　ミリータちゃんは？」

「あの方なら朝早くから鍛冶をされておられます」

「鍛冶ィ――――！」

「あ！　どちらへ！」

ベッドから出て高速で着替《きが》えを終えると、城の中をダッシュで駆けた。

城内にある鍛冶場でミリータちゃんはカンカンと鍛冶に勤《いそ》しんでいる。

報酬の不死鳥の羽とその他、武器や防具の強化は欠かせない。

鍛冶場につくと、ミリータちゃんがちょうど仕事を終えたところだった。

「お、マテリ！　ちょうどよかった！　不死鳥の羽、すっげぇぞ！」

「すっげぇの⁉」

「光の髪飾りにくっつけたら、ほれ！」

光の髪飾り＋３　↓　不死鳥の髪飾り＋３
効果：防御＋１３０　魔防＋１６０　精神耐性＋１００％　常にダメージを回復する。ｎｅｗ！

「こ、これつけちゃっていいの？」

「アイテムはマテリのスキルで手に入れたからな。オラはその辺、口出ししねぇって約束だ」

そうだった。

ミリータちゃんは一歩引いて私に譲ってくれている。

これって無敵になったということ？　いや、さすがにね。

「うん、心地《ここち》いい」

「はぁ……はぁ……せ、聖女様。戴冠式のお時間が……」

召使《めしつか》いの人がようやく追いついてきた。

ようやく朧気《おぼろげ》だった記憶《きおく》が少しだけよみがえる。

アズゼル討伐の功労者として盛大に祝ってくれて、ご馳走《ちそう》をたらふく食べたんだ。

その際になんだかほんわかする飲み物を飲んで記憶が曖昧《あいまい》になっていた。

「今日は聖女様として国民に向けて意思表明をしていただきます。もちろん準備はお済みですよね？」

「は？　あれ、そんなことになってた？」

「『聖女？　まーかせてまかせてぇ』と聖女様が仰《おつしや》っておりました」

「おい、私」

ほんわかしたせいで適当なことを口走った記憶があるようなないような。

ホントなにやってんの、マテリ。

誤解を解かなかった私が悪いし、今更《いまさら》だけどハッキリ言おう。

聖女なんて柄《がら》じゃないし、すべてはクリア報酬のためだったと。

＊　　＊　　＊

戴冠式。

あの王様は約束を守ったようで、王位をシルキア様に譲ってくれるみたいだ。

そうするしかなかったといったほうが正しいかな。

ブライアスさん率いる兵隊が警備に当たっているけど、その数がずいぶんと少ない。

アズゼルの四魔将に殺された人が多いせいだ。この国はこれから大変だろうなぁ。

王様はというとよほどシルキア様に王位を譲りたくないのか、苦渋《くじゅう》の表情だ。

ぷるぷると手を震わせながら、自分の王冠《おうかん》をシルキア様に被《かぶ》せようとしている。

「……以上、これより……ファフニル国はぁ……シ、シルキアが、女王となり……こ、こ、国民を……導くぅ！」

「うおぉぉ――――――――！」

「クソスキル税から解放される――――――！」

地震《じしん》かと思うほどの歓声《かんせい》だ。

王様はもっと大変かもしれない。

私にしたことが城内で知れ渡ってしまって、家臣たちからはすっかり手のひらを返されてしまった。

というのも私を見込んだのがシルキア様だから、相対的に王様の評価は地の底へと沈《しず》む。

王位を退いた上に城内にも居場所がなくなり、近いうちに城を追い出されるかもしれないとか。

「あの時、追放しなければぁ……クソッ、クソォォ……」

もうずっと同じことを呟いてるらしい。シルキア様によれば、寝言《ねごと》もこれみたいだ。

彼女も実の父親とはいっても王としてやったことは許せないらしく、きっちりと償《つぐな》わせると言っていた。

デスやもぐらおじさんみたいな王様の裏方にいた人たちも軒並《のきな》みいぶり出されて、すっかり干されている。

挙げ句の果てにはあの王様、私のところにもやってきて先日は――

「私は気づいた！　そなたこそが真の聖女だと！」

「お引き取りください、元陛下」

都合よく気づいた王様がしつこく食い下がってきて大変だったよ。

その後も、しがみついて涙《なみだ》と鼻水だらけになって食い下がってきたから兵士たちにひき剥《は》がしてもらった。

もう一回、討伐ミッションこないかな？

それより今は戴冠式、いよいよ私の出番みたい。

「続いてはこの国をお救いくださった聖女様よりご挨拶《あいさつ》があります」

シルキア様、勘弁《かんべん》してください。

うへぇ、仕方ない。

大勢の前でシルキア様に恥《はじ》をかかすことになるかもしれないけど、きちんとしよう。

皆《みな》が私の言葉を心待ちにしている。

「えーと、その。実は私、聖女ではありません」

予想通り、皆が困惑《こんわく》した様子だ。どよめいて、何事かと囁《ささや》き合っている。

これでいいんだ。期待させ続けるのはあまりに酷《こく》です。

私は聖女なんて立派な人間じゃない。

どこにでもいる物欲にまみれた女の子です。

「アズゼルを討伐したのは確かですが、それには理由がありまして」

ミッションが発生！
・ビリー・エッジを討伐する。報酬：エンチャントカード・回復増

「ファイアボアァァァルァァ！」

なんかきたからファイアボールを叩き込む。

「ぎゃあぁぁぁぁ――――！」

警備をかいくぐって、シルキア様の背後に迫っていた暗殺者風の男ビリーなんとかが火の玉に焼かれていった。

報酬の香《かお》りが私の鼻腔《びくう》をついた以上は見逃《みのが》さないよ。

駆け付けてきた警備兵が口々に私が倒した男の正体を喋る。

「な、なんだ！　刺客《しかく》か！」

「こいつ、ビリー・エッジ！　国内でも五指に入る殺し屋だ！」

騒然《そうぜん》となった戴冠式だけど、私は報酬を手にしてほくほくだ。

そっとカードをヒールリングに差し込んだ。

今日は実に素敵《すてき》な戴冠式になった。あれ？　皆さん？

「す、すごい……。無言でビリー・エッジを仕留めて当然のような佇まいだ……」

「皆さん！　ご覧になられたでしょうか！」

お、王女様？

なにか嫌な方向に話を進めようとしてません？

「こちらの方がまさに聖女様だと、ご理解いただけましたか？　そう……彼女は私たちを救済するために、現世に降臨なさったのです」

「おぉ……！」

「さぁ称《たた》えましょう！　ファフニル国の繁栄と共に！」

「聖女様――――！」

「ありがたや――――！」

皆が私を称えている。

あのブライアスさんなんか、拍手《はくしゅ》しながら涙を流していた。

あの、やめて？

名前：マテリ
性別：女
LV：41
攻撃：970＋2510
防御：924＋822
魔攻：777＋1060
魔防：785＋220
速さ：829＋60

武器：焔宿りの杖＋３（攻撃＋60）
　ユグドラシルの杖＋３（攻撃＋８１０　魔攻＋１０６０　魔法の威力が二倍になる）　エンチャント・魔族特攻
防具：ラダマイトのリトル胸当て＋３（防御＋５６０　魔防＋60　すべての属性耐性＋60％）
　ヒラリボン＋２（防御＋30　速さ＋60）
　すごい旅人服＋２（防御＋２）
　プロテクトリング＋２（常にガードフォース状態になる。防御＋１００）
　剛神の腕輪＋２（攻撃＋１６４０　１レベル×40）
　神速のピアス（攻撃回数が＋１される）
　ヒールリング（使うとヒールの効果がある）　エンチャント・回復増
　聖命のブローチ（呪いを完全に無効化する）
　不死鳥の髪飾り＋３（防御＋１３０　魔防＋１６０　精神耐性＋１００％　常にダメージを回復する）
スキル：『クリア報酬』
称号：『捨てられた女子高生』
　『スキル中毒』
　『物欲の聖女』

名前：ミリータ

性別：女
ＬＶ：39
攻撃：１１８４＋２８４０
防御：１０２５＋９７５
魔攻：４２７
魔防：７２２＋３１５
速さ：７１６＋１００
武器：闘神の槌＋２（攻撃＋２８４０（５００＋１レベル×60）　速さ＋１００）
防具：ラダマイトのドワーフ胸当て＋３（防御＋６９０　魔防＋90　すべての属性耐性＋80％）
　バーストバックラー＋３（防御＋２１０　魔防＋１４０）
　聖命のブローチ（呪いを完全に無効化する）
　光の髪飾り＋３（防御＋75　魔防＋85　精神耐性＋１００％）
　略奪王の指輪（与えたダメージ分、回復する）
スキル：『神の打ち手』
称号：『鍛冶師』
　『アイテム中毒』

第六章　勇者と魔王

流されるままに聖女扱《あつか》いされて数日、私は王宮内で特別にもてなされていた。

専属の召使《めしつか》い、綺麗《きれい》な部屋、専用のバスルーム。

食事だって望めばなんでも用意してくれるらしい。

私はシルキア女王様に相当気に入られたみたいで、誰《だれ》もが望む至れり尽《つ》くせり。

ちなみにミリータちゃんは聖女である私の従者という設定になってた。

この生活に何の不満があろうか？　ある。

そう、私はこんな生活でも満たされなかった。

「シルキア女王、魔王討伐《まおうとうばつ》を私にお任せいただけないでしょうか？」

「聖女様……あぁ、聖女様……」

「あの、祈《いの》るのはいいんですが話を進めてください」

「聖女様、やはりあなたは悪を討《う》たねばいられないお方……。わかりました、ぜひお願いします」

ミッションが発生しない日々なんて冗談《じょうだん》じゃない。

私は無償《むしょう》で与《あた》えられることに満足できない体になっていた。

ミッションをこなして貰《もら》える報酬《ほうしゅう》で最高の快楽を得られる。

その証拠《しょうこ》にあまりにミッションが起こらない生活をしていたら、手が震《ふる》えてきた。

これは確実にミッション不足による禁断症状《しょうじょう》だ。

「実はすでに魔王討伐に向かっている者がいます。長らく音沙汰《おとさた》がないのでおそらくはもう……」

「少し知ってます。魔王討伐制度ですね？」

「はい、お父様……前王が推《お》し進めた政策です。魔王討伐に向かう者に勇者の称号《しょうごう》を与えて旅立たせるのです」

「つくづく正気じゃないですね」

前の王様の時は魔王討伐制度とかいうのがあって、国民の中から選抜《せんばつ》された人が討伐するものだったらしい。

この概要《がいよう》だけで頭のネジがないとしか思えないけど、あの王様だ。最初からネジなんかどこにもない。

勇者呼ばわりされて100ゴールドとブロンズソードを持たされた人は今頃《いまごろ》、どこかでのんびり暮らしてそう。

優秀《ゆうしゅう》なスキル持ちを欲《ほ》しがってるくせに旅立たせるスタイル。

「私からできる限りの支援《しえん》をさせていただきます。旅の資金と人員、何なりとお申しつけください」

「すごい、100ゴールドとブロンズソードじゃない」

お言葉に甘《あま》えて、旅の資金はたっぷりと貰った。

人員に関しては私とミリータちゃんだけでいい。

こうして私は魔王討伐という名のミッション漁《あさ》りに出かけることになった。

＊　＊　＊

魔王。

いつの頃からか、突如《とつじょ》として姿を現したそうだ。

ファフニル王都の遥《はる》か北の地に居城を構えていて、今やその一帯は魔王領と呼ばれている。

国が討伐隊を送り込《こ》むも惨敗《ざんぱい》。冒険者《ぼうけんしゃ》たちからも討伐対象にされるけど惨敗。

魔王どころか四天王にすら手も足も出ない状態で、ファフニル国側が抱《かか》える問題の一つだとシルキア女王が説明してくれた。

ていうかまた四天王とかいてくれるんだ。

魔王と合わせて報酬五つか、悪くない。

「だいぶ遠くにきただな。もうすぐ魔王領とか呼ばれている北部だ」

「この森もだいぶ深いね。抜《ぬ》けたら最後の町があるんだっけ？」

「んだな。それ以降は町どころか村一つ……マテリ⁉」

「ミッションの匂《にお》いがする！」


新たなミッションが発生！
・エンシェントワームを討伐する。報酬：全上昇《ぜんじょうしょう》の実×2

走った先にいたのは目鼻がなく、牙《きば》だらけの口だけを主張したワームだ。

そのワームが飲み込もうとしているのは一人の女の子だった。

「ファイアァァボオォォオォル！」

「ギシャァァ――――！」

盛大《せいだい》に吹《ふ》っ飛んだワームが大きい胴体《どうたい》だけを残した。

よし、これで――

「ギシャァ――――！」

「はぁ⁉ まだ動くの！ あぁもう――ファファァファァファァファァファァファァファァァァァァ――――！」

残った胴体に火の玉を浴びせて、みるみると燃え散っていく。

なるほど、あんな生物だから頭を潰《つぶ》してもしぶとく生きてるのかな？

とにかくこれで今度こそ完了《かんりょう》なはず。


ミッション達成！ 全上昇の実を手に入れた！
・効果：ステータスを＋１００される。

「よしぃぃ――――――――！」

「さすが魔王領が近いだけあるだなぁ！」

喜び乱舞《らんぶ》していると、襲《おそ》われていた女の子が手でパンパンと埃《ほこり》を払《はら》ってから私たちに頭を下げてきた。

よく見るとミリータちゃんと同じく耳が尖《とが》っている。

「あの、ありがとうございました。私も修業を積んだつもりですがダメでしたね……はぁ」

「あなたは？」

「ボクはフィム。魔王を討伐するために旅立ち、ここで修業していました」

「じゃあ、あなたが魔王討伐制度の……。あの、こんなこと言ったらなんだけどさ。別に魔王討伐なんか放っておいてもよくない？」

「王様のご命令ですし、何よりこれはボクが生まれ持った使命です。ボクのスキルは全剣技《ぜんけんぎ》、果たすべきは平和を取り戻《もど》すことです。皆《みな》さんの期待を背負っていますから……」

全剣技⁉

それってかなりすごいスキルじゃない？

あの前の王様が抜擢《ばってき》するくらいだから、やっぱりそうだよね。

そっか、なまじすごいスキルだと周囲からの期待も大きい。

聖女をやっている私だからよくわかる。

ミッション報酬があるならともかく、他人に強制された使命なんてやってられない。

この子は偉《えら》いのか、それとも。

「お、おめぇちょっと待て。そのブロンズソードずっと使ってたのか？　年季が入ってるなんてもんじゃねぇぞ」

「はい、王様からいただいた由緒《ゆいしょ》ある剣です。これで必ずや魔王を打ち倒《たお》します」

「それでこの辺の魔物と……。一体いつからだ？」

「えーと……十年目から数えてません」

目が点になるとはこのことだ。

魔王討伐制度ってそんなに昔から？　じゃなくて。

「ボクはまだ未熟なので、この辺りでずっとレベルを上げてるんです。まだ99なのでもっと頑張《がんば》らないと……」

そう言ってフィムちゃんが剣を振《ふ》ると、大木がすっぱりと斬《き》れる。

なるほど、なるほど。レベル上げをして十年以上、気がつけば99になっていたと。

クソ制度とこの愚直《ぐちょく》さが合わさって、とんでもない怪物《かいぶつ》が爆誕《ばくたん》していた。

その怪物フィムちゃんが改まって私に何か言いたそうだ。

「それにしてもあなた、あのエンシェントワームをあんなにも簡単に……あの、お願いがあります」

「あ、無理です」

何を言い出すかと思えば。

「ぼ、ボクを弟子《でし》にしてください！　未熟なボクをどうか鍛《きた》えてください！」

「フィムちゃん。無理なんですよね本当に」

無理なんですよね本当に。

＊　＊　＊

シューバンの町に到達《とうたつ》！　魔法のパーツを手に入れた！
効果：魔法のコテージに使うと強化される。

「うーむ！　これは楽しみだ！」

「……恐《おそ》れ入りました。師匠《ししょう》」

フィムちゃん、どうしたの？

町のカフェで私たちは一息ついていた。

で、この魔法のパーツだけど。歯車みたいなパーツだし何をどう使うのかわからない。

強化というと防御《ぼうぎょ》面が上がるとか？

いや、設備が増える可能性もある。

今のコテージ、実は私とミリータちゃんが一つのベッドを使っている。

これがもし増えるとしたら？

「ボクに一切《いっさい》、戦闘《せんとう》をさせないということはまだまだ未熟と言いたいのですね」

フィムちゃん。私にどうリアクションしろと？

「ミリータちゃん。魔法のコテージで何が足りないと思う？」

「ベッドが足りんなぁ。あとな、マテリ、風呂《ふろ》も狭《せま》い」

「だよねぇ」

二人が利用するには少し狭いと思っていた。

でも下手な宿屋を利用するよりはかなり快適だ。

おかげで宿泊費《しゆくはくひ》もだいぶ浮《う》く。

「確かにボクはまだ未熟かもしれません。しかしこれでもそれなりに鍛えた身……今一度チャンスを！」

「え、なんて？」

「ですから師匠に力を認めてもらうために今一度だけチャンスを！」

「師匠の件含《ふく》めて何一つ認めてないいんだけど」

このフィムちゃんはエルフみたいで、見た目は私たちと変わらない。

でも少なくとも十年以上はあの森で修業をしていたみたいだから、実年齢《じつねんれい》は高いと思う。

未熟も何もミッションが発生したから討伐しているだけだ。

勝手についてきてるこの子が意味不明なだけです。

「ではどうか認めてください！　この未熟なボクを鍛えてください！」

「あのね、私は別に戦いのプロでも何でも」

「た、大変だぁ――――！　ま、魔王軍四天王が直々《じきじき》にきたぞぉ！」

報酬きたぁ――――！

急いで外に出ると、そこには炎《ほのお》をまとった悪魔みたいなのがバッサバッサと飛んでいた。

アズゼルと同じ種族かな？　ちょっと似てる。

そして周囲では冒険者たちが武器を構えていた。

「フ……少し遊びにきてみれば、どれも煮《に》え切らぬ三下《さんした》ばかりではないか」

「お前こそ、勇み足だったな」

「なに？」

一際《ひときわ》、前に出たのはあの紅《くれない》の刃《やいば》のリーダーだ。

ドテなんとかの時に出会ったあの一級冒険者パーティで、蒼天《そうてん》の翼《つばさ》とはライバルだったかな。

私たちには気づいていないみたいだ。

「ここは魔王城にもっとも近い町、そうなれば集まるのはいわば人間の中でも精鋭《せいえい》たちだ。だから
お前は選択《せんたく》を誤った……。何せここで俺《おれ》たちに」

「ブレイジングストォォォ――――ムッ！」

「ぐあぁぁぁ――――！」

リーダーもろとも炎の竜巻《たつまき》に包まれた。

竜巻からはじき出されて建物に激突して、焼け焦《こ》げてぐったりしている。

なんとなくそんな予感はした。

「下らん！　これが人間の精鋭だと？　いいか！　我らを滅《ほろ》ぼそうとするのであれば、まったく足
りんぞ！」

「あ、あの紅の刃が一瞬《いっしゅん》で……」

「四天王一人でも一国を滅ぼせるほどの力を持つと言われている……。や、やばいぞ」

誰もがびびって挑《いど》もうとしない。

私としてはいつまでも発生しないミッションに苛立《いらだ》っていた。

モチベーションがまったく上がらない。

ミッションがないとこれほどまでにだるいとは思わなかった。

魔物討伐なんてやってられないほどにだるい。

でもなぁ、これ放置したらやばそうでしょ？

ていうかなんで四天王直々に攻《せ》めてきてるの？　暇《ひま》なの？

「これでは暇つぶしにもならんな」

「やっぱり暇なんかい」

「ん？　貴様、何か言ったか？」

「あ、何も」

聞こえてた。迂闊《うかつ》に突《つ》っ込むのも考えものだ。

はて、さて。はて、さて。

これはもしやロックオンされた？

完全に戦う流れだし、かといってモチベーションが上がらないし。

ミリータちゃんもなぜかつまらなそうにしてる。

一体誰に似たんだか。

あ、そうだ！　いるじゃん！　レベル99の子が！

「フィムちゃん。あいつと戦ってみない？」

「ぼ、ボクがですか⁉」

「うん、嫌《いや》ならいいけどさ」

「師匠、ようやくボクにチャンスをいただけるのですね」

ん？　そういうことになっちゃうかな？

まぁいいか。仮に負けそうだったら加勢すればいい。

さすがの私でも、誰かのピンチとなればやる気くらい出るでしょ。

「四天王、滅炎《めつえん》のレイムゲイル！　勇者としてお前を成敗《せいばい》します！」

「む？　フフ……なるほど。少しはマシなのがいるようだな」

当然のように名前を知っていたフィムちゃんが剣を構えた。

レイムゲイルが不敵に笑った後、片手を動かす。

「勇ましさは良し！　だが、このレイムゲイルの前で散るのは貴様だ！　フィムとやら！　ブレイジングストォォ――ム！」

「なにを！　冷凍《れいとう》剣……ソード・コキュートスッ！」

冷気を帯びた剣で炎の竜巻が斬られて、その勢いは止まらない。

そしてレイムゲイルの胴体が真っ二つになり、それぞれ徐々《じょじょ》に氷《こおり》漬《づ》けになっていった。

「バ、バカ、な……」

凍《こお》ったレイムゲイルが地面に落ちて砕《くだ》け散る。

剣を収めたフィムちゃんがふぅと一息、踵《きびす》を返して私に笑顔《えがお》を向けた。

「ど、どうですか！　師匠！」

「……まぁまぁだね」

澄《す》ました顔で評価しちゃったけど、ここまでとは。

フィムちゃんは大はしゃぎで私に認めてもらったと喜んでいる。

そして気がつけば周囲の反応だって変わるわけで。

「あの子が国王から魔王討伐を任された勇者だったのか……」

「そしてあっちの女の子が師匠？」

「あ、あそこまで強くなるまで育てたってのか！」

また何か凄《すさ》まじい誤解が広まってる。

いや、もういいよ。

報酬がない時点で本当にどうでもいいです。

なんでミッション出ないのさ。

名前：フィム
性別：女
LV：99
攻撃《こうげき》：820＋20
防御：750＋3
魔攻：410
魔防：390

速さ：520
武器：ブロンズソード（攻撃＋20）
防具：布の服（防御＋3）
スキル：『全剣技』
称号：『勇者』
『聖女の弟子』

＊　＊　＊

魔法のコテージが強化されて魔道車になった！

操縦席が追加された！

ベッドが二つ増えた！

バスルームが広くなった！


ぐぐん、と見た目が変わったと思ったらキャンピングカーみたいになった！

私が知ってるあれとは大きさも違《ちが》って、元のコテージと変わらない！

タイヤもついてるし、多少の悪路でも通れそう！

「ま、魔道車……。かつて英雄《えいゆう》が使用していたと言われているあの魔道車が目の前に！　師匠、あなたはもしや」

「中は！　中はどうなってるのかな！」

「あ、師匠！」

急いで乗り込むと多少、縦長にはなったもののしっかりと居住性はある。

操縦席は私の世界にあった車と変わらないから、これがちょっと不安かもしれない。

当たり前だけど私は免許《めんきょ》を持っていなかったもの。

「ミリータちゃん、運転できそう？」

「まーやってみるか」

ミリータちゃんが運転席に座《すわ》り、さっそく機器を確認《かくにん》する。

ふんふんと何か納得《なっとく》したようにレバーやらハンドルを動かし始めた。

そしてさすが地の民《たみ》、鉱石だけじゃなくて道具の扱いにも長《た》けたドワーフのミリータちゃんは魔道車を動かし始める。

「こいつ、動くぞ！」

「わぉ！」

「さすが師匠！」

なんか当然のように乗り込んでる子がいるけど、この際どうでもいい。

動き出した魔道車は町を離《はな》れてグングンと進む。

まさかこの世界にきて車に乗ることになるとは思わなかった。

だけどスピードはそこまで出ないみたいで、あっちの車ほど速くない。

でもこれで徒歩での移動よりもだいぶ楽になるはずだ。

つまり、よりミッションに早く近づける。

「それにしても魔道車とはなぁ。こういうのは一部の国でしか作られてねぇんだ」

「飛空艇《てい》なんてのもあったりして？」

「ある」

「あるんだ」

次々と移り変わる風景を眺《なが》めながら、私は改めてミッションに期待を膨《ふく》らませた。

あのレイムゲイルの時はなぜか発生しなかったけど魔王討伐に行くと宣言した手前、やめるわけにはいかない。

これで万が一、ミッションが発生しなかったら最悪だけどその時はフィムちゃんがいる。

なるほど、それなら師匠設定も悪くないかもしれない。

ミッションが発生しなかったときはこの子に任せればいいんだ。

「マテリ、ミッションがなかったらフィムに任せようとか考えてねえか？」

「そ、そんなわけないじゃん」

「おめぇのスキルはやべーけど、安定しないのがデメリットだなぁ」

「そうなんだよねぇ」

などと考えながらぼんやりとしていたら、車窓に霜《しも》が張り付いてきた。

少し寒くなってきたかな？

「雪……だと思ったら吹雪《ふぶ》いてきたなぁ」

「天候不良かー」

「師匠、何かおかしいです！」

「え」

フィムちゃんの言う通り、あっという間に吹雪で視界が遮《さえぎ》られてしまった。

ミリータちゃんによればここはすでに魔王領。

つまり必然的にお迎《むか》えがあるわけで。


ミッション発生！
・アイスゴーレム×5を討伐する。　報酬：オーロラガントレット
・アイスソルジャー×10を討伐する。　報酬：冷晶《れいしょう》の魔石
・フリスベルクを討伐する。　報酬：アイスソード

「師匠、あそこになにか」

「っしゃぁぁあ――――！」

「師匠⁉」

魔道車から飛び出して一気に冷気が吹きつけるけど何も感じない。

のっそりと迫《せま》るアイスゴーレム、そして奥《おく》にいるのが――

「おや、何かと思えば年端《としは》もいかない小娘《こむすめ》とは」

「ファファファファファファファファファファファファイアボボボボボボボォアァァアル！」

ミッション達成！　オーロラガントレットを手に入れた！
効果：防御＋30　攻撃＋20　すべての属性攻撃が強化される。

「だが、その命もここまで……ここがお前たちの墓標と」

「ファファイファイファイファイファイファイアボボボゥゥル！」

ミッション達成！　冷晶の魔石を手に入れた！
効果：永遠に冷やし続けると言われている魔石。

「なるのだ……って、話を聞かんか！」

「最後はお前だぁ――――！」

「なっ……」

「ファイアボォッ！」

「ぐうううおぉぉ――――！」

ラスト！

アイス！　アイス！　アイスソード！

アイス大好き！

ミッション達成！　アイスソードを手に入れた！
効果：攻撃＋１７０　冷気による追加ダメージを与える。

「念願のアイスソードを手に入れたぁ――――！　あ、あれ？」

「吹雪が止《や》んできた？」

吹雪が止んで視界が開けてくる。

空から覗《のぞ》く太陽が大地を照らして、まるで嘘《うそ》みたいに天気が変わった。

どういうこと？

「し、師匠……恐れ入りました……。あの四天王の一人、氷霊《ひょうれい》のフリスベルクを討伐するとは……」

「えぇ？」

「あの敵はレイムゲイルより強いのでしょう？　師匠はそれを見抜《みぬ》いて、あえてボクに手を出させなかった……言わずともわかります」

「ど、どうだろうね」

どれがそのフリスベルクだったんだろう？

あの氷の巨人《きょじん》みたいなのかな？　それとも氷像の剣士《けんし》風の魔物かな？

「師匠、ボクはあなたに一生ついていきます！　あなたこそが真の勇者であり、必ずやこの国に平《へい》穏《おん》を取り戻す方です！」

「聖女の次は勇者かー」

フィムちゃんが恭《うやうや》しく頭を下げた。

「マテリ、なんでもいい。悪い奴《やつ》じゃなさそうだし、連れていってもいいんじゃねえか？」

「ここまで勝手についてこられちゃね。フィムちゃん、私は師匠じゃないけど、ついてきていいよ」

「決して自らを師匠と驕《おご》らない謙虚《けんきょ》な姿勢……さすがです。ありがとうございます！　師匠の下で日々、邁進《まいしん》していきたいと思います！」

この思い込みの強さはちょっと傷かな？

報酬が手に入ったから何でもいいや。

今の私の心はこの青天のように晴れ渡《わた》っている。

＊　＊　＊

魔王城に到達！　勇者の証《あかし》を手に入れた！
効果：剣装備時、攻撃＋２００　攻撃回数＋２

す、すごい。

すごいけど、これは私よりもフィムちゃん用かな？

さすが魔王城、それっぽいものが手に入る。

「フィムちゃん、これあげる。あなたに似合うと思うよ」

「こ、これは勇者の証！　私なんかに……！」

「よく勇者の証だってわかったね」

「師匠……ついに私を勇者と認めて……うぅっ！　い、いけません。これで満足せず、更《さら》に精進《しようじん》しろということですね。わかってます！」

こんなに喜んでもらえるならプレゼントも悪くないか。

私もミリータちゃんから貰ったクシはまだ大切に使ってる。

なるほど、クリア報酬。

 とことんいいものを与えてくれるなぁ。

さてと、魔王城。その外観は深い堀《ほり》が城を囲っていて、橋がかかっている。

城の上には何かが羽ばたいて飛んでいて、もうこれでもかってくらいの魔王城だ。

確かにこんなのが領土内にあったら不安になるのはわからないでもない。

「ここからでも魔王の圧倒《あつとう》的存在を感じます……！」

「そうなんだ」

「師匠、必ず勝ちましょう！」

「うん」

一人、ちゃんとシリアスをやってる子がいるおかげで程《ほど》よい緊張《きんちよう》感はあるかもしれない。

私としてはこの中に報酬があるのか、興味はただ一点だ。

見上げるほどの大きさの門が行く手を遮っているからさっそく――

と思ったら、扉《とびら》が勝手に開いた。

「……師匠。これは罠《わな》かもしれません。でもボクたちに引き下がる理由はありませんよね？」

「そうだね」

どこか認識のずれを感じるけど気にしない。

駆《か》け足で魔王城の中に入ると、そこは分岐《ぶんき》と階段が繋《つな》ぐ高低差による大迷宮《だいめいきゅう》。

洋館を巨大化させて複雑にしたみたいな内装だ。

うわぁ、こういうのはいらないんだけどな。

そこへぼんやりと何かが輪郭《りんかく》を形作り、シルクハットを被《かぶ》ったフクロウみたいなものが実体化した。丸みがあるマスコットみたい。

「さっそく出ましたね！」

「そうだね」

「師匠！　ここは私に任せていただけますか⁉」

「いいよ」

このフクロウ伯爵《はくしやく》に対する討伐ミッションが出てこない。

大迷宮に加えてこの不作っぷりに、私はいっそのこと魔王城を破壊《はかい》しつくそうかと考えた。

親玉を引きずり出せばミッションが出てくるかもしれないからね。

「お待ちなさい。我々に敵意はありません。よくぞここまでいらっしゃいました」

「はぁ……」

「私の名はオウルーク。あなたたちが魔王と呼んでいる者の側近を務めております。あのお方はあなた方との争いを望んでおりません」

「はぁ――――!?」

私の声が思いっきり木霊《こだま》する。

ちょっとちょっとちょっと！　このフクロウ伯爵、なに言ってんの！

ここまできて敵意がないだのミッション不発だの！

段々腹立ってきた。もういい、これはやるしかない。

「マ、マテリ！　なにする！」

「この城を破壊して魔王を引きずり出す。そして私はミッションを」

「落ち着けぇ！　話を進めれば結果的に良ミッションが出てくるかもしれねぇぞ！」

「それもそうか」

さすがミリータちゃん、ミッションに対する執着《しゅうちゃく》は私に負けてないね。

このフクロウ伯爵がミッションを運んでくれるフクロウなら、私は歓迎《かんげい》するよ。

「師匠、騙《だま》されないでください！　魔王の手下はすでに私たちに仕掛《しか》けてきたんですよ！」

「フクロウ伯爵、そこのところどうなの？」

「フ、フクロウ伯爵？　それを含めてあのお方からお話があります。こちらへどうぞ」

フクロウ伯爵の後をついていくと、あの大迷宮の正解ルートをあっさり抜けて魔王の下へ案内された。

玉座に座るあれが魔王か。いよいよ、今度こそミッションがくる！

「よくぞここまで来た。わらわはマウ、お前たちが魔王と呼んでいる者だ」

玉座に座っていたのは角を生やした女の子だ。

不敵に笑って強そうに演出しているけど小さい。

たぶん私より小さい。

「お、お前が魔王！　師匠、これはやはり罠では！」

「ではさようなら」

「師匠⁉」

まぁ報酬的には悪くなかったしドンマイ。

魔王城到達報酬だってここに来なかったら貰えなかったからね？

「お待ちください。どうかマウ様のお話を聞いていただきたいのです」

「モチベーションがないです」

「我が主《あるじ》はあなた方と争う気はないのです。ですが主の父……スタロトス様は魔界五大魔王の一角。あのお方は娘であるこちらの方を立派な魔王にするよう、試練を与えたのです」

「モチベーションがないです」

「それは人間界の国を征服《せいふく》すること、それができればマウ様は正式に『殺戮《さつりく》』のスタロトスとして認められるのです」

「モチベーションがないです」

何かと思えば魔族のお家騒動《いえそうどう》。

魔族って世襲制《せしゅうせい》だったんだとかぼんやり思った。

もうね、いい加減にして？

「私を含めてあなた方が四天王と呼んでいるあの者たちは、マウ様に対するお目付け役として命じられてました。彼《かれ》らは野心溢《あふ》れて、人間界を征服せんと意気込んでいたのですが当のマウ様はそれを良しとしない……。むしろあなたたちとの交流を望んでおられるのです」

「し、師匠……。殺戮のスタロトスの手の者がこの世界に侵食《しんしょく》しているとなると……。何らかの手段で魔族がこちら側にこられたということです」

「そうだね」

フィムちゃんが冷や汗《あせ》をかいている。

私はテンションとモチベーションが地に落ちて、杖《つえ》で床《ゆか》に見えない落書きを描《か》いていた。

「あなたたちはあのレイムゲイルとフリスベルクを打ち破りました。あ、誤解なきよう……むしろ感謝しているのです。遅《おそ》かれ早かれ、あの者たちは独断で動いて人間たちに戦いを挑んだでしょう」

「レイムゲイル、フリスベルク、お前……。残る四天王はどこにいるのです!」

「それがすべてですが?」

「四天王じゃないのですか?」

「誰が言い始めたのかは知りませんがマウ様の配下はレイムゲイルとフリスベルク、そして私のみです。あ! あの! 話はまだ終わってません!」

魔道車を展開して中に入っていった私をフクロウ伯爵が引き止める。

バサバサと羽ばたいたフクロウ伯爵が車窓越《ご》しに訴《うった》えかけてきた。

「あなたたちにお願いがあるのです! もちろん報酬を差し上げます!」

「それを早く言ってよ」

よし、ちょっとテンションが持ち直してきた。

フクロウ伯爵が言うにはマウちゃんはお父さんの言うことに反対で、できれば人間とはことを荒《あら》立《だ》てたくない。

だから私に地位がある人間と話し合いをするためのかけ橋になってほしいとのこと。

報酬はマウちゃんのお父さんであるスタロトスが持たせたエンチャントカード・殺戮。

殺意を高めるほど戦闘時のステータスが上がる。

信頼《しんらい》できる手下に託《たく》せと言われて渡されたらしいけど、使う気はないみたい。

レイムゲイルとフリスベルクはそれを貰おうと、必死に評価を上げようとしていた。

まぁ依頼《いらい》内容の無茶はどうでもいい。

「わかったよ。この国の女王様とお話ししてみるね」

「……すまない。父上には申し訳ないが、魔界全体が変わらねばならんと思っている」

「その志、素晴《すば》らしいです。人も魔族も変わらなきゃいけない時代なんですよ」

なんだか都合のいい言葉がすらすらと思いつく。

殺戮のカードは何に差そうかな？

「なぁ、マウ様。おめぇなんでまた人間と仲良くしてぇんだ？」

「……一度だけ、お忍《しの》びで人間の町に行ったことがあるのだ。レイムゲイルとフリスベルクは猛《もう》反対したがな」

「それで？」

「そこでアレがな……。その……」

ミリータちゃんの追及《ついきゅう》に急に押《お》し黙《だま》っちゃった。

人間みたいにモジモジしちゃって。

「……かったのだ」

「なんだって？」

「メシが……うまかったのだ。ふわとろクレープにビーフシチュー……」

「ははぁ、なるほど。オラも国を出て初めて食った時はほっぺた落ちるかと思ったからなぁ」

その比喩《ひゆ》って、この世界にもあるんだ。

魔族でもおいしいものには正直、わかるよ。

私も報酬の後の食事が何より楽しみだ。

アイテムをテーブルに並べて眺めながら食べる以上の喜びはないね。

「マウ様はお父上に厳しく育てられました。しかしマウ様は小手先のスキルしかない私のような弱小魔族にもお優《やさ》しいのです。お父上はそこが気に入らなかったのでしょう」

「私もスキル脳の王様だった人を知ってるよ」

「殺戮を司《つかさど》る自分の前で他人に優しさを見せるなど、とお怒《おこ》りになったあのお方はマウ様を私と共に人間界に追放しました。その際にレイムゲイルとフリスベルクは出世を約束されたのでしょう。常に野心に溢れていて、マウ様をどこか軽んじていましたた」

「暇つぶしに町にきて迷惑《めいわく》全開だったからね」

「あなたたちがあの二人を倒したことは知っております。だからこそ、お願いしたのです」

柄《がら》にもなくフクロウ伯爵と話し込んじゃった。

今にして思えば討伐ミッションが出なかった理由がなんとなくわかったかな。

「あれ、ミリータちゃんは？」

「マウ様もいらっしゃいませんな？」

「おいふぃいいいぃ————————！」

魔道車の中から奇声《きせい》が聞こえてきた。

見に行くと、ミリータちゃんが手料理をマウちゃんに振舞《ふるま》っている。

あれは作り溜《だ》めしておいたシチュー！

「マウ様⁉」

「しゅごい……もっとぉ……もっとほしいよぉ……」

「マウ様！　あぁ、なんてだらしない顔を……」

一口しか食べてないのにすでに陥落《かんらく》している。

恍惚《こうこつ》とした表情で体がビクンビクンと痙攣《けいれん》していた。

料理でこんな風になる？

「オウルーク……やはり人間界とはうまくやらねばいかん……。どれも魔界にはない資源で作られていて……我らも学ぶべきなのだ」

「はぁ、それは良いのですが……む！」

「どうかしたのか？」

「ま、まずいですぞ！　この城に人間の集団が迫っております！」

フクロウ伯爵が目を見開いて翼を広げている。

なにそのポーズ。スキルかな？

「なに？　どういった集団だ？」

「全員、武装しております。おそらく我々に対する討伐隊でしょう」

「お前のスキルの索敵範囲《さくてきはんい》に入ったということは、到着までに少し時間があるな……。さて、どうしたものか」

「ここで争えばマウ様の望みも叶《かな》わなくなります」

そうか。そりゃそういうのが来るよね。

どこかの王様はなぜか一人だけで魔王討伐に向かわせてたけど、本来はこれが普通《ふつう》だ。

だとしたらフクロウ伯爵の言う通り、ここで戦ったら話がこじれかねない。

「ねぇフクロウ伯爵、今まではフリスベルクが城の周辺を守っていたんだよね？」

「はい。今まではフリスベルクが城の周辺を守っていたので、あのような連中は近づけなかったのです。というかフクロウ伯爵って……」

「そうなると私の報酬も遠のく。かといって平和的な話し合いが通じる相手とは限らない。難しいね」

討伐隊か何か知らないけど大方、報酬に目がくらんだ欲深い人たちに違いない。

私みたいに相手が魔族であろうと、正義の心をもって真実を見抜く。

それが大切だというのに、これだから人間は。

「マテリ、なんとなくだけどな。今、おめぇが言うなって思っただ」

「な、何を言ってるのかな？」

なんてことを。

私だってこれでも悩《なや》んでいるんだ。

どうすれば和平に持っていけるか。

こういう時こそ冷静になって――


新たなミッションが発生！
・勇勝隊を全滅させる。報酬：エンチャントカード・マーダー
・アルドフィンを討伐する。報酬：アンバックル

「ぶち滅ぼしィィ――――――――――――！」

「マ、マテリ様⁉　は、放してください！　一体何を！」

あんなことを言ってたミリータちゃんも察してノータイムで魔道車を動かした。

大迷宮を抜けるためにフクロウ伯爵を拉致《らち》して、私たちは魔王城の外を目指す。

平和を愛するマウちゃんの思いを踏《ふ》みにじるような連中は私が許さない。

「ダァァ――――シュッ！」

「いくべぇぇ――――――――！」

「お、お二人とも！　どうされたのですか！」

「いいから道案内ィイッ！」

「ひぃっ！」

魔王城の外へ出ると、平和を乱す集団が遠目に見えた。

許さない。私の報酬を台無しにするなら報酬になってもらう。

許さない。このタイミングで攻めてきて、本当に許せない。

許せない許せない許せない許せない許せない許せない許せない許せない。

＊　＊　＊

勇勝隊のニトルは魔王討伐制度により数年前に送り出された者だ。

彼は元々冒険者として名をあげる予定だったのだが、これはまたとない機会だと考えた。

なぜなら魔王討伐のほうが、より名声を得られると思ったからだ。

渡されたブロンズソードと１００Ｇには不満があったが。

「へっへっへっ……高ぶるぜ」

「お前の出番はないな。魔王はこの俺、勇者バドバン様が討伐する」

ニトルに負けず劣《おと》らずの曲者《くせもの》たちが、我こそはと意気込んでいる。

魔王討伐制度によって送り出された者たちで結成されたこの部隊も、当初はまとまりがなかった。

国王のスキルに関する精査は本当に厳しく、ここにいる者たちはそんな国王に認められている。

誰もが優秀なスキルの持ち主であり、個々の癖《くせ》が強い。

ただしそんな彼らでも、一人で魔王を討伐することがいかに困難かわかっている。

一度は挑んで吹雪に阻《はば》まれて逃《に》げ出した者、あと少しと意気込む者、報酬や名声のみ求める者。

ニトルを含めたそんな曲者たちをまとめ上げたのがアルドフィン。真の勇者として認められて、今は勇勝隊の隊長を務めている。

「あの厄介《やっかい》な吹雪は止んでいるようだな！　おかげで魔王城がよく見える！」

「アルドフィン隊長、いよいよですね」

「あぁ、この日をどれほど待ちわびたことか……。我々の使命を果たす時がついにやってきた。愛と勇気と正義、そして平和を胸に抱《いだ》く我々を天も祝福しているようだ」

「アルドフィン隊長の仰《おっしゃ》る通りです。困難にも負けず、正義を貫《つらぬ》いた私たちが最後に笑うのです」

曲者をまとめあげたアルドフィンはその人柄と志に多くの者の心を掴《つか》んだ。

心を折られた者に抱かせるのはいつでも愛と勇気と正義、平和。

人として当然、望むものをニトルたちに思い出させた。

ニトルたちが、自分たちは勇者だという自覚を持てたのもアルドフィンのおかげだ。

魔王討伐に出た頃のニトルは今では考えられないほど、プライドが高かった。

負け知らずで血気盛んだったニトルはふとしたことで当時のアルドフィンと口論になる。

決闘の結果、ニトルの惨敗だった。

ニトルは当時、アルドフィンから言われた言葉を今でも忘れない。

「ニトル、お前は確かに強い。しかし考えてもみろ。すべてを一人で成し遂《と》げる必要がどこにある？」

「なんだと……！」

「勇者とは個ではない。立ち向かい、成し遂げた者たちに対する勲章《くんしょう》だ。つまり私もお前も勇者には変わりない」

「お前……」

負けたニトルにアルドフィン隊長は敬意を表した。

冒険者の中には己《おのれ》の名声と報酬しか考えない者たちが多い。

その一人だったニトルにアルドフィンは手を差し伸《の》べた。

そしてニトルのような者たちが集まり、勇勝隊と名乗るようになった。

「そもそも一人で魔王に挑もうとする奴がバカなのだ。仲間は多いほうがいい。なぜか、より大きな集団でまとろうとしない奴が多いがな」

「ハハハ……アルドフィン隊長の仰る通りですよ。冒険者パーティも多くてせいぜい四人がいいところですからね」

「相手が魔王となれば、たかが四人でどうにかなるわけがない。あの王様も本当に人が悪いよ」

ある時、彼らは国王の悪口で花を咲《さ》かせた。

この時にはすでに全員が支給されたブロンズソードを売って金にしていた。

質が悪くて10ゴールドにしかならなかったのも今では彼らの中での笑い話である。

「魔王討伐に行く我々相手にも、武器屋のオヤジは高値で武器を売りつける。本当に嘆《なげ》かわしいよ」

「魔王を討伐してほしいなら少しくらいサービスしてほしいものですね」

「まったくだよ！　かの有名な火宿りの杖を見かけたんだけどよ！　なんと２００万ゴールドもし

たんだぜ⁉」

「ゲェッ！　三級冒険者だった俺の稼《かせ》ぎじゃ何十年かかる金額だよ！」

「しかもどうせ偽物《にせもの》だろ？」

こんな話で盛り上がる時、彼らは本当に楽しかった。

本物なんて存在しないと言われている火宿りの杖は魔道士協会も躍起《やっき》になって探し回っている珍《ちん》品《ぴん》だ。

その店、魔道士協会に目をつけられたんじゃないかと仲間内で話題に花を咲かせる。

ニトルも一時期は無償で魔法が使えるアイテムに憧《あこが》れていた。

しかし今は違う。

自分たちの勇気こそが何よりの武器であり、強さだとニトルは自信を持っている。

そんな彼らは今、魔王城を視界に入れていた。

「言うまでもなく敵は強大だ！　魔王打倒《だとう》が叶わず、己の無力さを思い知った者も多いだろう！　だが魔王討伐は我々にしかできないのだ！　我々が弱者の矢面《やおもて》に立ち、魔王の脅威《きょうい》から守る！　もちろん恐怖《きょうふ》はあるだろう！　しかし思い出せ！　我々が何を胸に抱いているのかを！」

「愛ッ！」

「勇気ッ！」

「正義ィ！」

「そして平和ァ！」

「勝ち取れ！」

「この手に！　勇者たちよォ――――――――！」

名立たる勇者の中でも最強のアルドフィンの激励《げきれい》で、勇勝隊はさらに奮起した。

アルドフィンが隊長として剣を掲《かか》げてから降ろして剣先を向けたのは当然、魔王城。

それが開戦の合図だった。

「行くぞ、勇者たちよ！　さっそくお出ましだ！」

「手下か⁉」

「手下とて油断するなよ！　まずはあれを討伐だ！」

「オォ――――！」

その時、勇勝隊に向けて猛烈《もうれつ》な勢いで何かが走ってきた。

それはなんと少女だ。

誰もが魔王の手下かと思ったが、人間だった。

「人間だと……？」

「アルドフィン隊長！　どうしますか！」

「人間であれば争う必要はない！」

「ぎゃあぁ――――！」

悲鳴が上がった。

先頭にいた勇者の一人が火に包まれて吹っ飛んでいる。

「許さない……」

「な、なんだ！　あの少女は味方ではないのか！」

「許さない許さない許さない許さない許さない」

「うぅ⁉　様子がおかしいぞ！」

近くで少女を見た時、ニトルの背筋が凍り付いた。

あれをどうして味方だと勘違《かんちが》いしたのか？

先頭にいた勇者の一人、アダンは最強の防御スキルである大盾《おおたて》完全ガードを持っていた。

それを一撃で吹っ飛ばす人間などいるものかと、ニトルは現実を受け入れられずにいる。

「止《や》むを得ん！　迎え撃《う》て！」

アルドフィンの切羽《せっぱ》詰まった声はニトルも初めて聞く。

自分たちは勇者であり、なんとしてでも魔王の手下を討伐するとニトルは気合を入れた。

＊　＊　＊

「人間でありながら魔王の手下とは見下げた奴だ！　俺のスキル星槍技《せいそうぎ》でぐあぁぁ――――！」

「この俺のスキル超回避《ちょうかいひ》なら当たらなっ……うへぇ――――！」

火の玉を二人に放つと地面が爆破された。

爆風で吹っ飛んだ二人めがけて火の玉をぶつけてから、左右から新しく二人が強襲《きょうしゅう》してくる。

邪魔《じゃま》だなぁ。邪魔邪魔邪魔。

「スーパァァ――――ハリケェ――――ン！」

「いいぞ、ウイン！　攻撃に竜巻を付与《ふよ》するお前のスキルで、あの少女は宙に舞《ま》った！」

竜巻でちょっと目を回したところで、私は空中に投げ出されている。

地上にはたくさんのなんとか隊が私に狙《ねら》いを定めていた。

「集中砲火《ほうか》だッ！」

「フラムショットォ！」

「ブリザービィィ――――ムッ！」

「ドラゴン・ブレスッ！」

なんかすごそうな攻撃がたくさんきてる。

あぁもう、なんなのこの人たちは。

そこそこいいスキルを持ってる上に数も多い。

空中で身動きが取れない私を集中砲火？

「ファファファファファファファファファファファイア――――ボォール！　メテオォ――――――！」

「なっ！」

地上に向けてファイアボールを連射すると、人間もろとも爆破の渦《うず》にのみ込む。

放ってきたスキルなんかどこかに行っちゃった。

地面が大きく揺《ゆ》れてるみたいで、回避しようとした人が転倒《てんとう》して火の玉メテオが直撃した。

これいいいなぁ。

地上にいる時より、多数を一掃《いっそう》できる。

そして地面に着地したところで、新しく誰かが斬りかかってきた。

「つ、杖で受け止め……」

「てりゃぁあッ」

「ぐふぁッ！」

杖でぶっ叩《たた》いて倒したと思いきや、同じ人が複数人に増えていた。

「俺の名はニトル！　スキル影分身《かげぶんしん》は」

「ファイアボォ！　ファイアボッファイアボッファイファイファイアボッ！」

「ぴぎゃぁ――――！」

全部まとめて火の玉で倒したところで、残りの人たちの動きがおかしい。

一人が背中を見せて走り出した。

続いてもう一人も完全に逃げの姿勢だ。

「む、無理だ！　あれは間違いなく魔王だ！」

「魔王が直々にやってきたんだぁ！」

ちょっと待って！

逃げられたらミッション達成できないじゃん！

あぁもう、あぁもう！

「逃がさない逃がさないィィ――――！」

「いやぁ――――――――！」

「うげぇッ！」

「俺には故郷で待つ恋人《こいびと》がぎぇぴ――――！」

逃げるなら最初から私の前に現れないで？

もう残り少なくなったなんとか隊のメンバーだけど、一人だけ堂々と構えているのがいる。

指をくいくいと動かして、かかってこいとのこと。

ははぁ、あれが報酬の一つかな？

「勇勝隊がここまで追いつめられるとはな！　だがな、魔王！　我々は一歩も引かんぞ！　私の名は」

「たぶんアルドフィン！　報酬きたぁ――――――――！」

「な、なぜ私の名前を！」

アルドフィンらしき人物の後ろに残りのメンバーが隠《かく》れた。

まとまってくれるならありがたい。

「魔王、貴様もこれまでだ！　アルドフィン隊長の聖剣技はあらゆる属性に対して特攻だからな！」

「剣で受けることも叶わん最強のスキルだ！」

「あの閃光《せんこう》のブライアスと互角《ごかく》とまで言われた隊長の……え？」

力を溜《た》めてから杖から一際、大きな火の玉を放った。

ボウリングのピンみたいに並んでるんだから、これが手っ取り早いよね。

剣を構えているアルドフィンに向けて、特大の火の玉。これが――

「ファイアァアボォォォ――――――――リングッ！」

「でっっかッ！」

「うわぁ――――――――！」

地面ごと吹き飛んで、燃え盛《さか》る爆炎がピンたちを包んだ。

地面がえぐれて隕石《いんせき》が斜《なな》めに降った跡《あと》みたいになってる。

ミッション達成！　アンバックルを手に入れた！
効果：防御＋65　攻撃されても絶対にノックバックしない。

「怯《ひる》み時間短縮でミッション達成時間も短縮即《すなわ》ち報酬に近づくぅぅ――――――！」

「マテリ、やっと追いついただ……」

私が爆走したせいで、ミリータちゃんとフィムちゃんを置いていってしまった。

フクロウ伯爵がバッサバッサと飛んできて、元々丸い目を更に丸くしている。

「これは……なんとも……」

「ってない……」

「は？」

「まだ終わってないィ――――――！」

「マテリ様！」

私はまた駆け出した。

あと一つ、ミッションが完了してない。

つまりまだなんとか隊が全滅してないということ。

どこ？　どこに逃げたの？

怒らないから出ておいで？

＊　＊　＊

「はぁ……はぁ……こ、ここまで逃げたら大丈夫《だいじょうぶ》だろ……」

勇勝隊の一人が息を切らしてマテリから逃げきっていた。

彼もニトルたちと同じく、前国王により抜擢された優良スキルを持つ者だ。

他の国ならば軍の部隊長として歓迎されて、戦闘を生業《なりわい》とするギルドならば幹部候補となっている。

たった一人で魔物の群れを相手にできる決戦級の戦力だと、アルドフィンも評価していた。

しかし今の彼にそんなプライドはない。

マテリを魔王の手下だと思い込んだ彼は震えていた。

「俺は、俺は生きるんだ。あんな恐ろしい目にあうくらいなら勇者なんてやめてやる」

彼としてもアルドフィンへの恩義がある。

しかし世の中には命をかけてはいけないことがあるとも考えていた。

彼が魔王の手下マテリを放置すれば大陸全土にまで魔の手を伸ばす。

奴だけは討たねばならない。

そう思っても彼に戦意がなかった。

全身から溢れる得体の知れないドス黒いオーラ、それが彼を本能から畏怖《いふ》させる。

そして何かを求めているかのようなマテリの執念《しゅうねん》に彼は怖気《おじけ》づく。

「悔《くや》しいが今の私にはどうすることもできない……アルドフィン隊長、すまない。俺はこのまま故郷へ帰らせてもらう」

実家の果樹園を手伝い、無難な嫁《よめ》を貰い、そして骨を埋《うず》める。

そう、何事も無難が一番だと彼は思い知った。

「フ……。我ながら弱腰《よわごし》になったものだ。さらばだ、同胞《どうほう》たちよ」

「やっと見つけたっ！」

「なに？」

振り向くと、そこにマテリがいた。

「勝手に逃げ出しちゃダメでしょー」

「あ、あ、あぁ……み、見逃《みのが》してくれ、二度とお前には逆らわ」

「どりゃあぁッ！」

「ぐぁぁッ！」

彼は逃げられなかった。

魔王にはいかなる言葉も通じず、慈悲《じひ》もない。

そこにあるのはただひたすらな暗黒。

彼の意識もまた暗黒に落ちていった。

＊　＊　＊

ミッション達成！　エンチャントカード・マーダーを手に入れた！
効果：武器にエンチャントすることで人間系への特攻が得られる。

「この人たちみたいにワラワラと出てきた時に便利だね」

「マテリ、おめぇはそんなもんなくても全滅させてたでねえか？」

確かにこれは私がつけていいものかな？

ミリータちゃんやフィムちゃんも選択肢《せんたくし》に入る。

それに人間系って？

人の形をしたものに特攻がある？

「わ、我々をどうする気だ」

場所は再び魔王城。

アルドフィンが睨《にら》みを利《き》かせてきた。

クソ制度の弊害《へいがい》で爆誕したなんとか隊のメンバーは全員、すでに拘束《こうそく》した。

この人たちには和平交渉《こうしょう》を手伝ってもらう。

冷静に考えたら実は悪い人たちじゃないけど、報酬には代えられなかった。

「これからこの国と魔王には歩み寄ってもらいます。あなたたちはまず私が魔王に打ち勝ったと女王様に報告してほしい」

「話が見えんな……」

「こちらにいらっしゃるマウちゃんは人間と争う気はない。でも人間はつい最近、魔族に襲撃《しゅうげき》されてかなりピリピリしてる。そこで役立ちそうなのがあなたたち。私以外の強そうな人たちがいたら、国民はより安心するでしょ。話はまずそこからだね」

「我々が魔王である貴様に？」

「は？　え？」

何言ってんのと思ったけど、私が魔王呼ばわりされていたのを思い出した。

何をどうやったら私が魔王に見えるのさ。

どこをどう見ても普通の女の子でしょ。

勇者をやりすぎて何でも魔王に見えるようになったとしか思えない。

「魔王はこっちのマウちゃんね。まずは人間と魔族、お互《たが》いが接触《せっしょく》できるきっかけを作らないとっていうわけ」

「魔王と接触だと？　下らん、寝言《ねごと》は」

「てぇいッ！」

「ひッ！」

杖で魔王城の床を叩くと瓦礫《がれき》が飛散した。

あくまで建設的な交渉の一環《いっかん》として、これは仕方ない。

ほら、静かになった。

「……で。私となんとか隊に魔王が敗れたと国中に広まれば、魔王に対する恐怖は薄《うす》れる。人間のほうが上という状況《じょうきょう》を国民が認識して、その上であとはシルキア女王とマウちゃんの対談が実現できればいいかな」

「そ、そんなことでうまくいくものか」

「もちろんすぐには難しいよ。だから時間をかけてやってもらうしかない」

「そこのマウの言うことを信じるのか？　もし欺《あざむ》く計画だとすれば？」

「それなら殺してでも奪《うば》い取る」

「何を⁉」

万が一、マウちゃんたちが約束を守らないなら？

ミッションが発生しない中、私がここまで付き合ってあげたのに？

マウちゃんを睨むと、証拠の報酬であるカードらしきものを提示して無言で何度も頷《うなず》いていた。

よかった。約束を守る気はあるみたいだ。

「ほら、あんな誠実な子が約束を破るわけないでしょ？」

「とてつもない圧を感じたが……」

「それにあなたたちの念願の魔王討伐が形だけとはいえ、果たされるんだから悪い話じゃないでしょ」

「しかし、魔王は健在だ。私は人々を欺くようなことは」

「うりゃあぁッ！」

「ひぃっ！」

手が滑《すべ》って杖で床をぶち壊《こわ》してしまった。

でもまた静かになったし、建設的な交渉を進められるようでよかった。

「……そりゃ私も心苦しいよ。でもね、平和を願うのは人も魔族も同じだよ」

「そ、それは……」

「勇者の立場とか責任はわかるけど、あなたたちが真の平和を願うなら正しい選択ができるはず。だから強制はしないよ。あくまでお願い」

「であれば、やはり我々は魔王を受け入れるわけには」

「ファイアボァアァァアアルッ！」

「あああぁぁあぁ！」

なんとか隊の隣《となり》で爆炎が立ち上った。

さて、私にも我慢《がまん》の限界というものがある。

勇者？　魔王？

私のミッションに欠片《かけら》も関《かか》わらないくせに手間取らせてさ。

ミッションがないなら私がいないところでやって？

「こっちが下手に出てるうちに賢明《けんめい》な答えがほしいなぁー」

「わ、わかった！　協力する！」

「うん、さすが勇者だね。そう答えてくれると思ったよ」

「こんな……こんな、ことがッ……！」

アルドフィンとメンバーたちが泣き始めた。

やっぱり勇者として、平和に向かうことが何よりの喜びだったに違いない。

泣くほど嬉《うれ》しいなんて、私もマウちゃんの話を信じた甲斐《かい》があったよ。

「ミリータちゃん、フィムちゃん。無事、交渉が終わったよ」

「暴力こそが平和への近道かもしれねぇなぁ……」

「さすが師匠……。話術でも一歩も引けを取りませんね」

途中《とちゅう》、手が滑った場面はあったけどこれにて一安心。

後はシルキア女王様にすべてを報告するだけだ。

その後はいよいよ殺戮のカード、うふふ。ふふふふふふ。

第七章　次なるミッションへ

「これより、計画に向けて会議を行う」

ファフニル国のアドイク大臣は国の未来を常に憂《うれ》えている。

ここファフニル国ではスキルが重要視されており、アドイクも賛同していた。

過去の歴史において、国を興して発展させた陰《かげ》ではスキルが大きく関係している。

古代帝国《ていこく》バンダルシアの皇帝《こうてい》のスキル、軍編制は大陸最強の軍隊を作り上げた。

そのおかげで大陸制覇《せいは》を成し遂《と》げていた。

その部下も例外ではなく、優秀《ゆうしゅう》なスキルを持つ者が揃《そろ》っていたという記録も残っている。

スキルの有用性は太古の昔より認められていた。

「魔族《まぞく》との会談などというふざけた催《もよお》しは徹底《てってい》して妨害《ぼうがい》させてもらう。皆《みな》もそう思うだろう？」

「まったくです。そのために我ら反体制派が集まったのですからね」

ここに集まっているのは国の重鎮《じゅうちん》の一部だ。

前王を支持していた軍務関係者や貴族など、いわば真の国造りに必要な人材でもある。

ただしそんな彼《かれ》らでも、二度目の異世界召喚《しょうかん》は反対していた。

その結果、アズゼルによって一度は国が傾《かたむ》いてしまったのが前王の唯一《ゆいいつ》の失策と認識《にんしき》している。

しかし、だからといって前王が失脚《しっきゃく》する必要はどこにもなかったというのも共通認識だ。

アドイクは前王の政策を全面的に支持していた。

前王による魔王討伐《とうばつ》制度やクソスキル税、これらは巡《めぐ》り巡って国に還元《かんげん》される。

下々の者はそこを理解して、馬車馬のように働かなければいけない。

しっかりと動かして結果を出す。

それを実行させるのは自分たちであり、上に立つ者の監督《かんとく》責任であり責務だ。

そういった真理を見通していたのが前王であり、アドイクは賢王《けんおう》とすら呼んでいた。

そんな前王が今は地下牢《ちかろう》に幽閉《ゆうへい》されて、歯がゆい思いをしている。

「アドイク大臣、目の上のたんこぶであるあの聖女の小娘《こむすめ》はどうされるおつもりでしょう？」

「厄介《やっかい》だな。陛下お抱《かか》えのデス・アプローチやドリューハンドも返り討《う》ちにあっている。加えてあのビリー・エッジすらも撃退《げきたい》されてしまった」

「足はついていないでしょうな？」

「問題ない。口は封《ふう》じた」

「ほう……？」

アドイクは先回りして、地下牢に囚《とら》われていたビリー・エッジの皿に毒を盛っていた。

殺し屋などしょせんは使い捨てで何の問題もないと、一切《いっさい》の罪悪感がない。

「信じがたい話だが、聖女に関してはあのアズゼルを討伐している。クリア報酬《ほうしゅう》、調べたところによるとあれは何かの条件を満たせば凄《すさ》まじいアイテムが手に入るもののようだ」

「あの火宿りの杖《つえ》を所有しているそうですな。身も蓋《ふた》もないスキルです……そうだ！　ならば、あの魔道士協会を利用しては？」

「確かに奴《やつ》らならば、火宿りの杖のような存在は許しておかんだろう。だが奴らとて一枚岩ではない。秘密裏《ひみつり》に行う計画に関《かか》わらせるにはリスクが大きすぎる」

「しかし、ならばどうやってあの聖女を……」

「ううむ……」

アドイクたちはマテリに対して正攻法《せいこうほう》では手がつけられないと理解している。

しかもシルキア女王のお気に入りという点も、やりにくさに拍車《はくしゃ》をかけていた。

聖女マテリは今や国民たちのシンボルとなりつつある。

つまり現体制を倒壊《とうかい》させるならば女王だけでなく、聖女をどうにかしなければいけないと彼らは考えていた。

「……ひとつ、提案があります」

「ゲハテール伯爵《はくしゃく》、言ってみろ」

「あちら側にはないメリットを提示すればいいのです。いくら力が強くても、しょせんはまだ子ども……どうとでも口車に乗せられますよ」

「さすがは巧《たく》みな話術で財を成した貴族なだけはある。一体、どれだけの人間が泣かされてきたのだろうな」

「ハハハハッ！　アドイク大臣には敵《かな》いませぬ」

その後、ゲハテールが作戦を提示した。

聖女と祭り上げられているマテリだが、人はいずれ飽《あ》きる。

その中にはマテリに反感を持つ者がいて、彼女の命を狙《ねら》うかもしれない。

ここでマテリに対して、狙われる理由がわかるのではないかと脅《おど》す。

仮にそんなものがなくとも、人は危機感を覚えれば些細《ささい》なことでも「もしかしたら」と強引《ごういん》に思い起こす。

不安を植えつけた後からスタートで、その上で新体制の素晴《すば》らしさを説く。

このゲハテールの作戦に、アドイクが賛同した。

「年頃《としごろ》の少女だ。私の伝手《つて》があれば育ちも顔もいい男などいくらでも宛《あて》がえます」

「フフフ、素晴らしいぞ。ゲハテール、作戦の主導はお前に任せる」

「お任せを！」

「では次、魔族との会談だな。これについては短期決戦で妨害する。アンシーン！」

何を言い出すのかと皆が訝《いぶか》しむ中、アドイクの背後に何者かが現れた。

「ここに……」

「な、何もないところから人が！」

「フフ……アンシーンのスキルは透明化《とうめいか》、こいつを雇《やと》うのにどれだけ苦労したか……」

アンシーンの存在で、この場が活気づいた。

暗殺において彼以上の適任はないと、アドイクは本気で思っている。

見えざる追跡者《アンシーンストーカー》にはアドイクも苦労して人脈を辿《たど》りに辿ってようやく接触《せっしょく》できた。

「アンシーン……聞いたことがあるぞ！　かつてそいつを恐《おそ》れて強固な警備をつけて館《やかた》に引きこもった貴族がいたという……」

「アドイク大臣、女王を暗殺するのですな！」

「確かにそれが手っ取り早い！　聖女とかいう小娘はその後でいい！」

この作戦は必ず成功するとアドイクは確信した。

「機は熟した！　では」

「ファイアボァァァァァアルァ！」

「ぎゃぁぁあ――――――！」

突然《とつぜん》の爆風《ばくふう》が我々を襲《おそ》った。

メンバーの一人が燃え上がって吹《ふ》っ飛ぶ。

全員、ひっくり返って起き上がれずにいた。

「な、なにが起こった！」

「つぇつぇりゃぁぁぁ――――！」

「ぎぁぁッ！」

「なっ！　ま、まさか聖女か！　なぜここが……」

この秘密の会議に参加していた者たちが次々と倒《たお》れていく。

同時に室内も燃え上がり、騒然《そうぜん》となった。

アドイクは混乱したが、計画の前倒しを思いついた。

「ゲハテール！　交渉《こうしょう》だ！」

「そうですな、アドイク大臣！」

ゲハテールが、侵入者《しんにゅうしゃ》である少女に向き直った。

「少女よ！　取引を」

「うりゃあぁあッ」

「ぐっふぁぁぁッ！」

「ゲハテ――――ル！」

杖の一突《ひとつ》きで仕留められたゲハテールが倒れた後、少女の目の前にいるのはアドイクだ。

いくらなんでも話を聞かなすぎると、アドイクはますます混乱するばかりだった。

「ラストォ――――……一人ぃ……」

「あ、あの女王に従うのが正しいと思うか！　よく考えろ！　聖女などと言われてるがお前は利用されているだけだ！　そうだ、アンシーンはどうした……おっとぉ！」

アドイクが後ずさりした時、何かを踏《ふ》んだ。

姿が見えなくてもその感触《かんしょく》は人間の体だとわかった。つまり透明になっているアンシーンだ。

アンシーンがすでに倒されていたという事実を知って、アドイクは絶望の底に叩《たた》き落とされた。

「ハ、ハハハ……見逃《みのが》してくれぇ……」

「せいやさぁッ！」

「うぎゅッ……」

杖による殴打《おうだ》でアドイクが昏倒《こんとう》した。

ミッション達成！　エンチャントカード・魔防10％無視を手に入れた！
効果：敵の魔防を10％無視する。

＊　＊　＊

「マテリ、どこに行ってた？」

「ミッション」

「そっか」

「私にはわかります。聖女として治安を維持《いじ》するため、王都の見回りを行っていたんですね」

ミリータちゃんはミッションの一言で納得《なっとく》してくれる。

フィムちゃんは思考停止して、私の聖女活動の一環《いっかん》だと捉《とら》えてくれる。

ここファフニル国の王都で、私は久しぶりにのんびりと過ごすことにした。

ただし訳のわからない魔族にいいようにされていたせいで、以前の活気はない。

少しずつ復興に向かっているけど、閉店したままの店が目立つ。

「ひどいですね……。こんな状況《じょうきょう》でマウさんたち、魔族が受け入れられるでしょうか？」

「無理だろうね。それにマウちゃんたちだって完全に信用できるわけじゃない」

「そ、それならなぜ和平に協力すると引き受けたのですか？」

「そこに掴《つか》みたいものがあるから」

殺戮《さつりく》のカードだけは何としてでもほしい。

仮にマウちゃんたちが何か企《たくら》んでいたとしても、約束だけは守らせる。

逆に言えば約束さえ守れば、何かを企んでいてもスルーするかもしれない。

そんな算段だけど、フィムちゃんは目を輝《かがや》かせていた。

「何かとはやはり平和ですね。師匠《ししょう》の志は常に高みにあるということですか」

「そろそろフィムちゃんがいろんな意味で心配になってきたよ」

「ボ、ボクに至らないところが⁉」

「いや、あのね……」

フィムちゃんに関してはこのままでいいかな。

そのノリでも、ついてきてくれるなら色々と助かる。

「あ、師匠！　あそこの瓦礫《がれき》がひどいですね。皆さん、苦労されてますよ」

「そうだね」

大変だとは思う。

だけど私は今日、のんびりすると決めて――


新たなミッションが発生！
・瓦礫の撤去《てっきょ》作業を手伝う。報酬：ドラゴンボム

「毎日、お疲《つか》れ様です！　私に任せてください！」

「聖女様⁉　いえ、あなたにこんな作業をさせるわけには」

「任せてくださぁぁいッ！」

「は、はい……」

「ファイアファファイッ！」

崩《くず》れた建物の瓦礫を火の玉でぶっ飛ばす。

こんなもの、どかすより壊《こわ》したほうが早い。

破片《はへん》をミリータちゃんが槌《つち》で叩き潰《つぶ》して、ものの数分とかからなかった。

「聖女様、助かりました！　時間はかかりますが、これでまたここに店を建てられます！」

「あ、うん。それはよかった」

「やはりあなたはこの国における聖女……今は何のお礼もできませんが、いつか必ず！」

「うんうん」

報酬は？

いや、この人たちに言ってるんじゃなくてね？

ミッション達成！　ドラゴンボムを手に入れた！
効果：食べるとやみつきになる幻《まぼろし》の果実を栽培《さいばい》できる。

「あ、よかった。でもあまり見ないタイプの報酬だ」

「ド、ドドドド、ドラゴンボム！　今はもう見られねぇとか言われてる果実だ！」

「へぇ、でも栽培かぁ。どうしようかな？」

「まぁ後で食うべ」

たまにはこんなのもいいか。

隣《となり》でフィムちゃんが涎《よだれ》を垂らし始めたけど、お昼にはまだ早い。

ガン見してくるけど我慢《がまん》してほしい。

「し、師匠、そろそろ食べごろでは？」

「まだ腹ごなしのミッションがこないからダメ」

「だいぶ運動になったのでは？」

「最近、ステータスが上がったせいなのかな。あまり疲《つか》れを感じないんだよね」

「さすが師匠です……じゅるり」

何をどう話しても最後にはこうなる。

飢《う》えた子は無視して歩き続けると、何か人だかりができている。

事件かなと思ったけど、何のミッションも発生しない。

これはスルーだなと思ったけど、真っ先に何かを嗅《か》ぎつけて行ったのはフィムちゃんだ。

「皆さん、どうされたんですか？」

「王都内でも地方でも、食料不足が問題になっていてな。魔物に畑を荒《あ》らされるし、困ったもんだよ」

「魔族襲撃《しゅうげき》の影響《えいきょう》も？」

「それもある。たまたま王都内に行商にきていた商人や生産者も犠牲《ぎせい》になったからなぁ。これからどうするか……」

なるほど、それは確かに深刻だ。

あれ？　なんだか私、異様に気分が上がらない。

こんな時ですらミッションが発生しないとしょせんは他人事《ひとごと》みたいに思ってる？

マテリ、いつからそんな薄情《はくじょう》な女の子になったの！

確かにあなたは正義の味方じゃないけど、人並みの心は持っているはず。

奮い立て！

新たなミッションが発生！

・食料を恵《めぐ》んであげる。報酬：ゴールデンポテトの種

「奮い立ったぁぁぁ！　私は人間！」

「ひっ！」

「皆さん！　ドラゴンボムをどうぞ！」

「なんですかそれ⁉」

皆、見たことがない果実に戸惑《とまど》っている。

隣でフィムちゃんがこの世の終わりみたいな顔をしてるけど気にしない。

後でマウちゃんと一緒《いっしょ》においしい食事を作るからさ。ミリータちゃんが。

「これ、食えるのか？　赤々としていて、なんだか……」

「でも聖女様がくれたんだから一口……」

がぶりとかじったおじさんがカッと目を見開く。

そして夢中になってあっという間に食べつくしてしまった。

「あ、あ、甘《あま》うまいっ！　なんだこれは！」

「なに？　どれどれ……ほわぁぁぁぁ――――！」

「だ、大丈夫《だいじょうぶ》か！」

「一口で感じる甘味の後で襲う酸味の波状攻撃……甘味だけなら甘ったるさが勝って暴力ともとれるが、絶妙《ぜつみょう》な酸味が加われればそれはハーモニー……。そう、これは合唱団だ！」

「お、おう」

すごい饒舌《じょうぜつ》。

私の語彙《ごい》じゃおいしいしか言えないと思う。

ミッションン達成！　ゴールデンポテトの種を手に入れた！
効果：黄金のような色合いの芋《いも》。栄養価満点。

「また食べ物だ」

「ゴォォォ――――ルデンッ！」

「わっ！　ビックリした……なに、ミリータちゃん」

「ポテトだ！　煮《に》てよし！　焼いてよし！　何をしても栄養価が失われない満点食材！」

「へぇ……。そうだなぁ」

食べ物には困ってないし、ここは一つ――

「皆さん、これよかったら栽培してみません？」

「ほぉ、見たことない芋だな」

「それとさっきのドラゴンボムの種も一緒にどうですか？」

「そ、そうか！　この芋とドラゴンボム……やってみる価値はあるかもしれん！　きたぁ――――！」


皆のテンションが一斉《いっせい》に上がった。

うんうん、わかるよ。

私もミッションがきたらそうなるからね。

よかった、これで私が普通《ふつう》の子だと証明された。

スキル中毒なんて謂《いわ》れのない称号《しょうごう》がステータスについてしまっているからね。

誰《だれ》だって報酬をもらったら嬉《うれ》しいはず。

「マテリ、あの人たちが喜んでるのは食料問題が解決するからだ」

「え？　ど、どうしたのかな？」

「いや、なんでもない」

最近、ミリータちゃんが鋭《するど》くて怖《こわ》い。

後日、試《ため》しに王都内の菜園に植えたら芽が出てきたと聞いた。

王都内が活気づいて、一気に名物化したのはいい。

私が恵みをもたらした聖女なんて呼ばれて、より神格化されてしまった。

窮屈《きゅうくつ》に感じるけど、これでミッションが増えるならどんどん神格化しなさい。

待ってるよ。

＊　＊　＊

「さぁマウちゃん！　たんとめしあがれ！」

「ふぉ、ふぉぉぉぉ……」

いよいよ魔族の王との会談、人間サイドはシルキア女王様と大臣たちとなぜか私たち。

魔族サイドはマウちゃんとフクロウ伯爵のみ。

気難しそうな大臣のおじさんたちが終始、険しい表情だ。

席が一つ空いてるのが気になるけど、病欠かな？

テーブルにはアドイクと書かれた紙が置かれている。

それはそれとして、テーブルに並べられた豪華《ごうか》な料理の数々はマウちゃんを魅了《みりょう》するのに十分だ。

まさかいきなり餌付《えづ》けするとは思わなかった。

「……女王。これはいかがなものかと」

「あなたたちも皺《しわ》だらけの老犬みたいな顔をしてないで食べるのですよ」

「な、なんですと！　聞き捨てなりませんな！」

「すべての相互理解《そうご》は食からッ！」

シルキア女王様が謎《なぞ》の気迫《きはく》で大臣たちを黙《だま》らせた。

意外に効果があったのか、大臣たちはお行儀《ぎようぎ》よくナイフとフォークを使って料理に手をつけ始める。

勘違《かんちが》い全開のお花畑女王様だと思ってたけど、この調子で国のトップとして威厳《いげん》を示しているのかもしれない。

「しかしですな。女王も王都のあの惨状《さんじよう》を目《ま》の当《あ》たりにしているでしょう。国民にしても、魔族を受け入れるはずがありません」

「それはわかってます。ですが私にはどうしてもマウちゃんが悪い魔族とは思えないのです」

「その根拠《こんきよ》は？」

「見てください。あの食事の仕方……たどたどしくはありますが、確実に人間のマナーを覚えようとしてます。生物の本質は食事に出ますからね」

「は、はぁ……」

不器用にナイフとフォークを扱《あつか》っている姿は確かに健気《けなげ》だ。

フクロウ伯爵なんか手すらないからどうしようもない。

ついばむようにして食べてる。

「確かに受け入れられるには時間を要するでしょう。しかしドワーフやエルフと私たち人間は、かつて対立していた歴史もあります。今はこうして共に食事をとっていますが、これも長い時間をかけたからこそです」

「それをここから始めようと？」

「そうです。少しずつ相互理解を深めて、いつか皆にもわかっていただくのです。それには途方《とほう》もない時間を要するかもしれません」

「ううむ……」

大臣たちが今一、納得できてない様子だ。

これはしょうがない。

この会談、というか会食だって実現したのが不思議なくらいだ。

一人、欠席している程度でほぼ全員参加。

これはすごいことだよ。

ところで一応、私もいるから何か言わないとダメですか？

和平交渉がまとまらないと、殺戮のカードが貰《もら》えないからね。

「女王様、和平交渉も何もマウちゃんに争う気がない時点で成立したようなものじゃないですか？」

「おいふぃい……おいふぃいいぃぃ……あふっ……あひゅう……」

「ほら、もう陥落《かんらく》してますよ」

「あふあふあふ……」

大臣たちが押《お》し黙る。

納得できない気持ちはわかるけどね。

何せ私の報酬がかかっている。

これ以上、もたつかれるのはストレスだ。

「あそこを見てください。前の王様が送り出した勇者たちの集まり、勇勝隊がいるんですよ。あの人たちがいてもまだ不安なんですか？」

「それは……」

せっかくここにはあの勇勝隊とかいうのがいる。

この人たちまで備えて安全性を主張しているのに、じれったい。

「何が我々がいる、だ」

「警備という名目でずっと立ちっぱなしなんだが……」

なんか不満らしき声が聞こえたけど気のせい。

その配置を決めたのは私じゃないからね。

「いや、やはり魔族と和平などありえん」

「今は食べ物に釣《つ》られているが、いつ本性《ほんしょう》を現すか……」

ここにきてまだ大臣たちがごね始めた。

あぁ、もう。

「そ、そうだ！　そうなったら誰が」

「とぅりゃあぁッ！」

「うおぉっ！」

杖を振《ふ》ると大臣たちがのけ反った。

風圧で少ない髪《かみ》がふわりと揺《ゆ》れる。

「それはつまり私の聖女としての力を信用していないと？」

「いや、そうは言っておらん」

「はりゃぁぁぁッ！」

「ひぇえっ！」

もう一度、杖を振ると大臣の一人が慌《あわ》てて髪を押さえる。

少し髪全体がずれてる気がした。

「マウちゃんがまた何か企むってことは私の力に屈《くっ》していないということ。つまり私の力はその程度だと言ってるんですね？」

「だからそうは言って」

「ファイアボッ！」

「うわぁぁ！　待てぇ！」

杖の先から迸《ほとばし》った炎《ほのお》がまた大臣たちを怯《おび》えさせた。

信用してないなら、ここで信用させるしかない。

こんなことでグダグダと時間をかけて、私を殺戮のカードから遠ざける。

何かを決めるのに長々とタラタラと。

最初は同情していたけど、ここまで長引かせるなら強引に納得してもらうまでだ。

そのずれてる頭髪《とうはつ》ごと吹っ飛ばすかもしれない。

「やっぱり信用してないんじゃないですか。それはつまり、私を聖女と認めた女王様への不信であり不敬ですよ」

「そ、そうかも、しれんな」

「そうでしょ？　だからここはマウちゃんと仲良し条約を結んでとっとと終わりましょう？」

「ううぅ……」

「そもそもこんなのはシルキア女王様が独断で決めれば終わりなんですよ。わざわざこんな場まで設けたのは、あなたたちをないがしろにしたくなかったからです」

大臣たちが沈黙《ちんもく》する。

まだ少し不満げな大臣がいたけど、杖を強く握《にぎ》りしめたら俯《うつむ》いて顔を逸《そ》らした。

そしてなぜか勇勝隊の人たちが白い目で見ている。

何か思い当たることでもあったのかな？

「で、どうなんです？」

「異論、ない……」

「私もだ」

「あぁ、好きにしてくれ」

「シルキア女王様。大体可決したっぽいです」

シルキア女王様が微笑《ほほえ》んで答えた。

料理を頬張《ほおば》っているマウちゃんも満足げに頷《うなず》く。

「その、なんだ……もぐもぐ。確かに……もぐ……私に対する恐れや……もぐ……不満はあるかもしれない」

「ちゃんと食べてから喋《しゃべ》って」

「少しずつ時間をかけて誤解を解いていくつもりだ。これらの品々を前にして尚更《なおさら》、敵対などでき

るか。こんなもの魔界では絶対にお目にかかれん。オウルークもそう思うだろう？」

「ハッ！　しかしこの柔《やわ》らかい肉……一体何の肉でしょうか？」

やばい、それはたぶん鶏肉《とりにく》だ。

黙っていよう。ん、でもフクロウって確かヒヨコとか食べるんだっけ？

「では決まりですね。これよりファフニル国はマウちゃんとの和平条約を結びます」

「うむ……もぐもぐ」

雨降って地固まる、というのかな。

これで長らく続いていた勇者と魔王問題が片付いたことになる。

別に国を救ってもミッションじゃなかったら、本当に割に合わない。

でも今回は殺戮のカードが貰えるだけマシ――

グランドミッション達成！
ファフニル国とマウとの和平条約を結ばせた！
転移の宝珠《ほうじゅ》
効果：一度でも行ったことがある場所に転移する。何度でも使える。

「あああぁ――――あああぁぁぁ！」

「聖女様⁉」

思わず叫《さけ》んで立ち上がってしまった。

この手にあるのは誰もが夢見た瞬間《しゅんかん》移動のアイテム！

グランドミッションってなに！

なんで事前にミッション告知されなかったの？

「ミリータちゃん。どうも私のスキルにはまだ上があるみたいだよ。ミリータちゃん？」

「てん、い、の、ほー、じゅ……あわわわ……」

「ミリータちゃん！　しっかり！」

「お、おめぇ、これ……。どれだけの奴らが、欲《ほっ》したと、思って……バタン」

「ミリータちゃ――――ん！」

ショックが大きすぎて気絶しちゃった。

そもそも見ただけでなんでそこまでわかるのか。

謎しか深まらないけど、今は寝《ね》かせてあげるべきかな。

「あぁ、やはり聖女様は神に祝福されている……。あのお方は聖女ソアリスの生まれ変わりでしょう」

「じょ、女王！　気を確かに！」

シルキア女王様は自分の世界に行っちゃってるし、大臣たちは一か所に固まって完全に怯えている。

もうカオスすぎてどうしようもないけど私はひとまず宝珠に頬《ほお》ずりしてよう。

すりすりすりすりすりすりすりす――――りすり。

＊　＊　＊

「マテリ、なんだって？」

夜、王宮の私室。

ミリータちゃんとフィムちゃんを交えて今後の行動指針を話した。

その内容は会食で明らかになったグランドミッションを含《ふく》めたものだ。

何せこのグランドミッション、ミッションとして事前に通知されなかった。

そのくせミリータちゃんも卒倒するような激レアアイテムが貰えたんだから、そりゃ考察する。

で、私の予想としてはたぶん隠《かく》しミッションみたいなものだと思う。

「だから、その辺のミッションと違ってさ。国とか、大きなものに影響するミッションだと思う。だけどその通知はない」

「それならアズゼル討伐がグランドミッションにならなかったのはなんでだ？」

「それはわからないけど、それすらもグランドミッションに値《あたい》しない小さなことなんじゃないかな」

「あの魔界最強の一角がなぁ……」

アズゼルは確かにやばい奴だったけど、私以外にも討伐できる存在がいてもそこまで不思議じゃない。

放《ほう》っておけばこのファフニル国が滅《ほろ》んでいたかもしれないけど、考えられる事態はそれだけだ。

この国だけでもブライアスさんや一級冒険者《ぼうけんしゃ》、勇勝隊だっている。

他国ともなれば、もっと強い人がいるかもしれない。

それを裏付けたのがミリータちゃんがもたらした情報だ。

「世界には魔道大国にオラの故郷であるドンチャッカ国……いろんな国がある。それに隣国《りんごく》の兵力はこのファフニル国をしのぐって聞いたな」

「シルキア女王様から聞いたけど、隣国の王子のスキルはかなり有名みたいだしねぇ」

「あ、そういえばあの女王様のスキルって何だったんだ？」

「慧眼《けいがん》。ものをより正確に捉える目だってさ」

「どこがクソスキルなんだ？」

「さぁ？」

あの王様基準だと、スキル単体で無双《むそう》できるものじゃないとダメなのかな？

大切なのはスキルをどう使うかだってのにね。

クリア報酬だって私じゃなかったら、人によっては自分でアイテムを使わずに売りさばいて金儲《かねもう》けしていたかもしれない。

そんなことして力をばらまくメリットがないから、私は絶対にやらないけどね。

「それで次の目的地は隣国エクセイシアか？」

「そうだね。近場からミッション漁《あさ》りして、いずれはミリータちゃんの故郷にも行きたい」

「ミッション漁りに里帰りかぁ」

「それとフィムちゃんの故郷もね」

「エルフの女王が治める天然の不可侵国……。海を渡《わた》る必要があるな」

侵略を阻《はば》み続けた天然が待ち受ける国も気になる。

そんな国の中でどんなミッション報酬が？

考えただけで涎が出てきた。

「あー……今からでもすぐに」

「マテリはいるか？」

「マウちゃん？」

入ってきたのは魔王ことマウちゃんだ。

フクロウ伯爵をお供につけて、神妙なお顔をしてらっしゃる。

「今回のことは改めて礼を言う。約束通り、これを受け取ってほしい」

「殺戮のカードォォォ────────！」

「……正直だな。おそらく報酬がなければ、こうはならなかっただろう」

「そうかもしれないね」

改めて近くで見ると背丈《せたけ》こそ小さいものの、しっかりとした眼力が備わっている。

私を見透《みす》かすように、マウちゃんは視線を動かさない。

「オウルークによれば、お前は欲望の赴《おもむ》くままに行動して今に至るわけか」

「オウルーク？　あぁ、そこのフクロウ伯爵か」

「こやつのスキルは広く深く見通す。索敵《さくてき》も可能で、対象が辿ってきた過去もな。だからお前に頼《たの》んだ。そこにあるのが欲望だったとしても、事態は好転する。そのスキルによってな」

「ある程度はお見通しってわけか」

フクロウ伯爵、弱い魔族と言っていたけどすごいスキルを持ってらっしゃる。

だからあの魔王城の迷宮《めいきゅう》もするっと抜《ぬ》けたし、なんとか隊の接近にも気づいた。

私のスキルと過去も見通している。

これがこの国にとって凄まじい力になるかもしれない。

「マテリ、誇張《こちょう》なしで告げる。そのスキルがあれば、世界をどうにかすることも可能だろう。その上で、己《おのれ》について真剣《しんけん》に考えるがいい」

「はぁ……そういうの苦手なんだけどな」

「この先、そのスキルを知った者がいれば間違いなく利用しようと考えるだろう。近しい者に危害が及《およ》ぶかもしれん。その時になれば報酬だの関係なく決断を迫《せま》られるかもしれん。それでもお前は欲望を優先させるのか？」

「さぁ？　その時になってみないとわからないでしょ」

私のあっけらかんとした即答《そくとう》にマウちゃんが面食らっている。

もう少し考えろとでも言いたげだった。

「それを言うなら、マウちゃんだってこの国と和平条約を結んだ。人間だって裏切るかもしれないし、血をみることになるかもしれないよ？」

「それはそうだな。それでも私は父のようにはなりたくない。私のスキル、完全治癒《ちゆ》では誰も殺せんからな」

「すごそう」

「魔族、魔王にあるまじきスキルだと罵《ののし》られた。今回の侵略が最後のチャンスだったのだが、我ながらマヌケよの……」

「ね、お互《たが》い大して先のことなんか考えてないでしょ」

マウちゃんが笑ってくれた。

今思えば、フクロウ伯爵のスキルで私を見抜いてから殺戮のカードを餌《えさ》にして利用すると決めたわけか。

見事に釣られちゃったけど後悔《こうかい》はしていない。

だってそこに報酬があるから。

「殺戮の名を冠《かん》して命を奪《うば》っても何も残らない。そんな父上を見ていると不安を覚えるのだ。誰も信頼《しんらい》せず、ただ奪うことのみを考える……。そんな理念で魔界を統一して何になる。残るのは無だ」

「お家事情は知らないけど、好きなように生きればいいんじゃない？　完全治癒なんてスキルなら絶対に重宝されるよ」

「そうだな。奪うより救うほうが気持ちがいい。それをお前に教えられた」

「何一つ教えてないけど」

奪うより貰ったほうがいい。

クソスキル扱いされてひどい目にあった身だけど、私は大した目的意識をもって動いてない。

だってそこにミッションがあるから。

「邪魔《じゃま》したな。明日は旅立つのだろう？」

「うん。エクセイシアに行くつもり」

「いい報酬があるといいな」

そう言ってマウちゃんとフクロウ伯爵は部屋を出ていった。
今思えばあの二人の討伐ミッションが出なかったから、敵対せずに済んだわけか。
やるじゃん、クリア報酬。
これからもじゃんじゃんミッションと報酬を頼むよ。

名前：マテリ
性別：女
LV：52
攻撃：1154＋3540
防御《ぼうぎょ》：1106＋998
魔攻：910＋1120
魔防：936＋250
速さ：997＋70
武器：焔宿《ほむらやど》りの杖＋4（攻撃＋80）
　ユグドラシルの杖＋4（攻撃＋860　魔攻＋1120　魔法の威力《いりょく》が二倍になる）エンチャント・魔族特攻・殺戮
防具：ラダマイトのリトル胸当て＋4（防御＋600　魔防＋80　すべての属性耐性《たいせい》＋70％）
　ヒラリボン＋3（防御＋40　速さ＋70）
　すごい旅人服＋3（防御＋3）

アンバックル＋1（防御＋85　絶対にノックバックしない）
プロテクトリング＋3（常にガードフォース状態になる。防御＋120）
剛神《ごうしん》の腕輪《うでわ》＋3（攻撃＋2600　1レベル×50）
神速のピアス＋1（攻撃回数が＋2される）
ヒールリング（使うとヒールの効果がある）　エンチャント・回復増
聖命のブローチ（呪《のろ》いを完全に無効化する）
不死鳥の髪飾《かみかざ》り＋4（防御＋150　魔防＋170　精神耐性＋100％　常にダメージを回復する）
スキル：『クリア報酬』
称号：『捨てられた女子高生』
『スキル中毒』
『物欲の聖女』
『勇者の師匠』

名前：ミリータ
性別：女
LV：46
攻撃：1624＋3770
防御：1555＋1040

魔攻：451
魔防：1103＋345
速さ：971＋110
武器：闘神《とうしん》の槌＋3（攻撃＋3770（550＋1レベル×70）速さ＋110）エンチャント・マーダー
防具：ラダマイトのドワーフ胸当て＋4（防御＋720　魔防＋100　すべての属性耐性＋80％）
　バーストバックラー＋4（防御＋230　魔防＋150）
　聖命のブローチ（呪いを完全に無効化する）
　光の髪飾り＋4（防御＋90　魔防＋95　精神耐性＋100％）
　略奪王《りやくだつおう》の指輪（与《あた》えたダメージ分、回復する）
スキル：『神の打ち手』
称号　：『鍛冶師《かじし》』
　『アイテム中毒』

名前：フィム
性別：女
LV：101
攻撃：872＋390
防御：850＋640

魔攻：473
魔防：458＋70
速さ：654
武器：アイスソード（攻撃＋170　冷気による追加ダメージを与える）
防具：ラダマイトアーマー（防御＋610　魔防＋70　すべての属性耐性＋20％）
　　オーロラガントレット（防御＋30　攻撃＋20　すべての属性攻撃が強化される）
　　勇者の証《あかし》（剣装備時、攻撃＋200　攻撃回数＋2）
スキル：『全剣技』
称号：『勇者』
　　『聖女の弟子《でし》』
　　『聖女の信者』

あとがき

どうも、ラチムです。本作、「物欲の聖女」が四作目の書籍化作品となります。

なぜどれも女主人公？　と聞かれると、なぜでしょう。スレイヤーズを始めとした女主人公の作品が好きだからだと思います。

今まではどちらかというとシリアスな作品だったのですが、今作はご覧のあり様となっております。

前作を読んでいただけた方は、なんやこの作品となっているかもしれません。

主人公のマテリは冒険者《ぼうけんしゃ》として飛躍《ひやく》する夢を持っているわけでもなく、滅亡《めつぼう》寸前の国を建て直すわけでもありません。辺境の村に薬屋を建てて人々を救うわけでもありません。

そこに報酬《ほうしゅう》があるから、行動原理はただこれだけです。たった一つしかないので行動がとても早いです。そのせいもあってストーリー進行も早いのです。

シリアス作品から色々と削《そ》ぎ落したらこうなるのかなという一つの答えかもしれません。

それがいいか悪いかはともかく、色々とはっちゃけてるおかげでとてつもなく書きやすい作品ですね。

当たり前ですがマテリは転移前はごく普通《ふつう》の女子高生でした。作中で彼女《かのじょ》は料理をしたことがなく、コンビニ弁当ばかり食べていたと言ってます。

ごく普通の家庭というと少し語弊《ごへい》がありますが、ここで書くべき内容ではないのであえて割愛《かつあい》します。

そんな少しだけ特殊《とくしゅ》な事情があったからこその反動なのか、言ってしまえばあれが本来の彼女なのかもしれません。

そんなマテリには作中で仲間ができます。ミリータとフィムですが、二人のキャラ設定は少し苦労しました。

マテリの勢いを阻害《そがい》しない上に役立つ仲間という制限の中、生まれたのが鍛冶師《かじし》のミリータと自称《じしょう》勇者のフィムです。

もし二人がマテリを止めるようなことがあれば、きっとこの作品はまだるっこしいものになっていたはずです。

もちろん二人にも故郷があって、それなりの背景があるのですが一巻の段階では出てきません。あえてそういった描写《びょうしゃ》を削ぎ落すことで、一貫性《いっかんせい》のあるストーリー展開ができたかなと思います。

ところで世の中には様々なジャンルのお話があります。そんな中で単純明快、ストレスフリー、勢いの三点がある作品があってもいいと思うんです。

重たい話で深く心に残る作品を読んだ後は、口直しにこんなお話を読んでもいいのではないでしょうか。

二回目ですがこのお話はとても書きやすいです。私はこれまで未書籍化作品や短編を含《ふく》めて15作品を書きました。

どれもストーリー展開やキャラの動かし方に悩《なや》み、頭を捻《ひね》って書いてました。思いつかずに筆が止まるなんてしょっちゅうです。

今作はそういったことがほとんどありません。きっとマテリの行動原理が単純だからだと思います。

この作品は書いていてとても楽しかったです。世には自分が面白《おもしろ》くないと思う名作を生み出す怪《かい》物《ぶつ》のような方々がいます。

しかし、私は自分が面白いと思えないもの、書きたくないものは書けません。この作品は本当に書きたくて書いたと言い切れます。

もちろん読者の皆様《みなさま》が楽しめるかどうかは別の話ですが、いかがでしょうか？

先に「あとがき」を読む派の方はすぐにでも本編を読んでいただけると嬉《うれ》しいです。スピード感があるお話が読めると思います。

本作は正直、書籍化できないんじゃないかと思ってました。というのもこの作品、Ｗｅｂ上であまり多くのポイントやブックマークを集められなかったのです。

しかし今回、お声をかけていただいた編集者様には感謝しています。

そして自称ごく普通の少女のマテリや報酬が大好きになったミリータ、従順なフィムをイラスト化していただいた吉武《よしたけ》さん。

出版に関《かか》わったすべての方々、ありがとうございます。次巻があればぜひお会いしましょう。

DRAGON NOVELS
ドラゴンノベルス

どうも、物欲の聖女です
無双スキル「クリア報酬」で盛大に勘違いされました

2023年2月5日　初版発行

著　　者　ラチム

発 行 者　山下直久

発　　行　株式会社 KADOKAWA
〒102-8177　東京都千代田区富士見 2-13-3
電話 0570-002-301（ナビダイヤル）

編　　集　ゲーム・企画書籍編集部

装　　丁　Coil

D　T　P　株式会社スタジオ２０５ プラス

印 刷 所　大日本印刷株式会社

製 本 所　大日本印刷株式会社

DRAGON NOVELS ロゴデザイン　久留一郎デザイン室+YAZIRI

●お問い合わせ
https://www.kadokawa.co.jp/（「お問い合わせ」へお進みください）
※内容によっては、お答えできない場合があります。
※サポートは日本国内のみとさせていただきます。
※ Japanese text only

定価（または価格）はカバーに表示してあります。

ISBN978-4-04-074855-9　C0093